冰心与吴文藻

爱如繁星

王佳佳 / 著

中国文史出版社

图书在版编目（CIP）数据

冰心与吴文藻：爱如繁星 / 王佳佳著. -- 北京：

中国文史出版社, 2019.12

ISBN 978-7-5205-1765-2

Ⅰ. ①冰… Ⅱ. ①王… Ⅲ. ①传记文学－中国－当代

Ⅳ. ①I25

中国版本图书馆 CIP 数据核字(2019)第 270027 号

责任编辑：金　硕

出版发行	中国文史出版社	
社　　址	北京市海淀区西八里庄路 69 号院 邮编 :100142	
电　　话	010–81136606 81136602 81136603 81136605(发行部)	
传　　真	010–81136655	
印　　装	北京地大彩印有限公司	
经　　销	全国新华书店	
开　　本	650×940　1/16	
印　　张	14	
字　　数	200 千字	
版　　次	2020 年 2 月北京第 1 版	
印　　次	2020 年 2 月第 1 次印刷	
定　　价	42.00 元	

前　言

　　八月的海水连绵起伏，海浪的歌声在黑夜中响起。他从甲板上缓缓而来，英俊潇洒，书生意气，好像是生命里的预言，带着不可言说的秘密。她走来，如同一朵纯白色的茉莉，散发着淡淡香气，清丽优雅。海风撩起她细碎的刘海，她斜倚在栏杆上，目光潮湿、温暖。一个世纪后，我们翻开一本厚厚的相册，看到摄于海船上的那张1923年的黑白照片，一个纤瘦轻巧的女子，读出了她临海眺望时目光里的淡淡哀愁，才会记起，那段风起云涌的岁月。

　　历史的洪流波涛汹涌，个人的命运从来只是沧海一粟。到底是他们支撑着整段历史，还是他们被历史推向未知的远方？然而，无论这段行程如何艰险，我们如今细细品尝，已经看不到那些岁月颠簸处的不安，它们早已化作风中的尘埃被光阴的手指轻轻拭去，那些人影也都在岁月中如枯叶般飘落。

　　唯有一种爱情，它历经沧桑，依旧清晰。像是于波涛汹涌处无意跳跃起几朵细小的浪花，清凉着彼时干渴的心灵，如镶嵌在童年夜空的漫天星斗，默默地贡献出些许光亮。譬如冰心和吴文藻的爱情，迎着历史的风浪，不离不弃，执手到老，谱写了一曲深情之歌。

爱情在发生之前总是存在着不明朗的迹象，捉迷藏似的隐匿在时光的隧道里，让人尚无法解读，然而这些却都是为命运所做的准备。假如有一天，当所有的预备都已经完全，那么爱情的种子自然就会破土而出，在广阔的天边嬉笑相逢。冰心和吴文藻的相逢就是始于一个阴差阳错的故事。

那一年，冰心刚从燕京大学毕业，获得了文学学士学位，去往美国威尔斯利女子大学修学文学。时间的针脚紧密追赶，缘分就是这么巧合，它在此刻悄悄降临，不曾早一步，也不曾晚一步。那一年，也正是清华社会学系才子吴文藻赴美留学之时。当时冰心收到贝满女中的老同学来信，说自己的弟弟吴卓也在去美国留学的邮轮上，可以让冰心与其一起前往。因此，冰心便托好友许地山去找。不想，找来的却是同姓"吴"的"吴文藻"。

冰心，这个带着中国古典气质的女子，骨子里是温柔敦厚的，她这样的女子，自然，她的爱情也如同温开水，暖暖的，永远保持在恒定的温度。那时候，他遇到她，站在她的身旁，只觉得满心是淡淡的云朵，舒心地开放。他不曾学会恭维，只是笨拙地不知道说些什么才好。而她，却于众人之中一眼看中了他。

初识的情节在冰心晚年的回忆里依旧那么鲜亮：吴文藻身着一袭儒雅的长衫，高高的个头，靠在轮船的栏杆上，迎着海风站立，风不时地吹起他的衣角，他嘴角上扬，微微一笑，语调平缓而坚定。他直言不讳地对冰心说："你如果不趁在国外的时间，多看一些课外书，那么这次到美国就算是白来了。"这句话深深地刺痛了冰心的心，却也让冰心感到了吴文藻的质朴与真诚。

一见钟情总是让人不足为信，但天时地利却是爱情的迷信。看似巧合的偶遇，实则早就在二人的生命中埋下了伏笔。燕京大学才女冰心，想必吴文藻早有耳闻，二十三岁的她已经凭借诗集《繁星》和小说《超人》在文坛上崭露头角，是众人心目中钦慕的对象，不乏追求者。许地山便是其中之一。但冰心有言在先，一不嫁军人，二不嫁文艺同人，她只将之作师长看待。吴文藻有博学的才识，也是少女心目中的白马王子，只是清贫的他，不敢奢谈爱情。

兴许是船上的短暂交流，让冰心和吴文藻都感觉到了思想上的契合，对彼此产生了好感。于是，在到达威尔斯利女子大学之后，冰心唯独给众多来信者之中的吴文藻写了一封信件，详述自己的情况。吴文藻当即买了几本文学书寄到波士顿，作为对冰心第一封信的回应。之后，他们便经常鱼雁往来，吴文藻有时会很用心地帮冰心买书，并用红笔在书中标出自己认为重要的内容。而这些用红笔标出的地方基本是关于爱情的句子。

念及对爱的慈悲，我们总是相信有情人终成眷属。怀着美好的祝愿，唱着田园的牧歌，我们在红尘中徜徉、漂泊，谨慎地守着自己的一份小小的心愿，但愿有一天能够与梦中的人相遇。如若我们相遇了，便要拼尽全身的力气与之相爱。就好像长于阡陌的大树，等待五百年的春秋，只为开满一树的花朵，在他经过的时候，繁华。

冰心的爱是小心翼翼的，她谨慎地把握着自己的一颗心。但是，见到吴文藻之后，她便认定了他。才女的情总是较平常人更加细腻敏感，她试探着给吴文藻写信，怀着万分的期待和欣喜邀请他来看她在波士顿参演的一部戏剧《琵琶行》。虽然出于女子的羞涩，冰心没有挑明自己的心意，吴文藻未必不懂得冰心的心思。只是，在爱情将至的时候，人们总是既向往又畏惧，怀着一颗忐忑的心踟蹰在爱情的门口。有人说，爱情是一次华丽的冒险，一旦选择可能就是踏入万丈深渊。但即便如此，吴文藻也没有犹豫，他深深地钦慕着冰心，却唯恐自己的清贫不能给对方幸福的保障。于是，一贯稳重的他以学业太忙为由拒绝了冰心的邀请。

但我相信，无论现实的理由多么残酷，也无法阻挡真正的爱情到来。冰心站在舞台上，一直盼望着奇迹发生，那是何等的望眼欲穿呢？正如冰心所说，爱在左，同情在右，心里怀着对她的爱，心儿便会变得柔软。吴文藻的心早就为冰心的爱浸泡得异常柔软了，他怎么会真的忍心让冰心失望呢？他终究还是来到了演出现场。就在冰心近乎绝望得流出泪来的时候，吴文藻熟悉的身影从冰心的目光中闪现，那一刻，像繁星的光，温暖了她的心。

　　爱情，最难迈出的是第一步，倒不是因为少年男女固有的矜持，而是因为在情感孕育的时候，天有不测风云，缘分深浅由不得人。于是，有些人就只能擦肩而过，很多爱便被时光掩埋。就像是一颗欲萌发的种子，在暗恋的漫漫长途中，疲倦了，忘却了，干瘪了。然而，在冰心和吴文藻的爱情中，星光已经灿烂，心事已经了然。接下来的日子，就像花开般热烈了。

　　为了能够和冰心在一起，吴文藻提前来到绮色佳的康奈尔大学，和冰心共同补习法语。课余两人常结伴同游，白天在湖上泛舟，晚上看天上的星星。在微风醉人的刻尤佳湖上，吴文藻终于鼓足勇气，向冰心求婚了。世上哪个女子不会为这一刻所感动呢？恋爱的目的何尝不是为了求得这样一个肯定，他爱你，以至于要叫你一生托付给他。冰心的心里自然是欢喜的，激动的，甚至是无措的。所以，她没有立即做出决定，她回到住处，想了一晚。第二天，她向吴文藻说：自己没有意见，但必须征得父母的同意。这个智慧的女子，知道自己的幸福是需要得到家人的祝福方可如愿的，面对爱情，她不轻率，不扭捏，一如她的个性。

　　缘起原本不需要任何理由，但要留住它仿佛是一种幸运。"人生若只如初见，何事秋风悲画扇。"古往今来，我们听到了太多有关爱情的悲剧，许多人的热恋被爱情之火燃尽后只成了灰烬，不禁生出几分凄凉。然而，在无数个错失良缘的相遇后，有些人的爱情在时光的酿造中发酵成香醇的美酒，褪去了青涩的苦味，剔除了热烈的烧痛，只留下一丝丝甘甜回味在心间。

　　1926年，吴文藻与冰心硕士毕业，冰心接受司徒雷登的邀请，回燕京大学任教。临行前，吴文藻将六页多的"求婚书"交予冰心带给父母。冰心父母看罢书信，相信女儿的眼光，当即同意了他们的婚姻。然而，吴文藻还留在哥伦比亚大学继续攻读博士学位。他们不得不做长久的分离。

　　回想恋爱，最美好的时光，也许不是两个人朝夕相处、花前月下，而是共赴一个目标，一如既往地努力，不曾因为短暂的寂寞而放弃了真正的幸福。只要两颗心在一起，那么再遥远的天涯也近在咫尺。

三年，也许只是人间草木的几岁枯荣，风一吹便又过了一季。但相思的哀愁使岁月变得无比沉重，它的每一道光影在黄昏交织出如刀割般的疼痛，她的每一个呼吸都在深黑的夜里凝滞。"归来吧，我的爱人。"冰心站在海边，心底轻轻地呼唤着，看轮船渐渐远去，看海平面上落日斜辉。如果可以，有谁愿意和心上人天各一方？但是，她又坦然地一回头，相信爱将如期而归。

1929年，吴文藻完成博士学业回到北平，在司徒雷登的主持下，与冰心结婚。从此，在燕园过上了温馨快乐的生活。

没有人的爱情是一帆风顺的，冰心和吴文藻也不过是红尘男女中不可逃脱的一对，只是爱让两个人看到了希望和未来。因为他们既是恋人更是挚友。"在平坦的道路上，携手同行的时候，周围有和暖的春风，头上有明净的秋月。两颗心充分地享受着宁静柔畅的'琴瑟和鸣'的音乐。在坎坷的路上，扶掖而行的时候，要坚忍地咽下各自的痛苦，在荆棘遍地的路上，互慰互勉，相濡以沫。"

不久，国事动荡，烽烟四起，北平陷入了危机。抗战时期的冰心夫妇，辗转昆明、重庆、日本，忍受着前所未有的艰难与清贫，始终默默相守，互相鼓励，甜蜜依旧。1958年吴文藻落难，冰心以最爱之人的身份站在吴文藻的身边，善解人意，冷静面对，帮助他渡过难关。1959年12月，吴文藻生活恢复正常。就像冰心说过的一样："人生的道路上，不但有'家难'，而且有'国忧'，也还有世界大战以及星球大战。但是由健康美满的恋爱和婚姻组成的千千万万的家庭，就能勇敢无畏地面对这一切！"

是什么样的女子可以躲过世俗的沉浮，站在时代的大风浪里写着一首首晶莹温润的诗歌？是什么样的男子，才能守着最初的誓言，牵着她的手，直到白头？也许，是他们温良的品性感动了上天，命运之神才决定给他们一个"佳偶天成"的结局。

他们用爱化解矛盾，消除远别重洋的不安，忍受柴米油盐的琐碎，躲避风云莫测的阴谋。他们用爱注成辽阔澄净的大海，一片深情的海，一片向往着童真和纯洁的海，一片与家国同存的海。

在光影斑驳的回忆中，那些黑白默片似的往事布满了冰心脸上的每一处褶皱，在每一道细细的褶皱里，是吴文藻挚爱的青春和不悔的爱。晚年的冰心夫妇搬进民族学院的高知楼新居，时常有学生过来串门，一起说说笑笑。这个时候，冰心和吴文藻已是八十多岁的老人，历经大半个世纪的风风雨雨，终于可以静下来享受最美的夕阳，最好的爱情。然而，夕阳无限好，只是近黄昏。1985年7月3日，吴文藻由于脑血栓住进了北京医院，昏迷不醒。冰心已经老了，不能再像1942年吴文藻在重庆患肺病时日夜守护在他身边，只能由他们的子女陪伴。冰心一个人待在家里，盼着老伴能早日出院……却再也没能盼到吴文藻出院。

1985年9月24日清晨，冰心接到二女儿吴青的电话：爸爸去了。她平静地放下了电话听筒，回到房间里，默默地哭了。时隔十五年后，冰心去世，她在遗嘱中写道："我百年之后，要与吴文藻合葬在一起，文藻的骨灰盒上写有'江苏江阴吴文藻灵骨'，我的骨灰盒上要写'福建长乐谢婉莹'，墓碑上要刻'吴文藻谢冰心墓'。"

冰心和吴文藻从海船邂逅直到异国他乡的互生暗恋，终至修成正果，步入婚姻殿堂，同患难，共欢乐，他们是民国时代自由恋爱的楷模。他们之间没有出现错综复杂的情感纠葛，不存在跌宕起伏的感情异变。他们的爱情是细水长流，水到渠成；他们的婚姻是精诚所至，金石为开。阅遍天下情事无数，又有几人能够拥有一份如此坚固永恒的爱情？经过风雨的摧残之后愈发显露柔韧，经过岁月的洗礼之后，愈发透出圣洁。这样的爱，在他们相爱的时候不曾有刻骨铭心的痛，只有默默执着地相望，在他们离去之后，化作春风雨露滋养着后来者的心田。

过了一百年，许多事已经衰败，许多人已经腐朽。而我们再度翻看冰心的一些诗歌，看到她和吴文藻的一张张黑白照片，我们触摸着他们之间的一段段温馨的往事，看到这两位老人相偕的身影，好像跟着他们一起走过了漫长的世纪。

听，海浪的歌声响起……五十五年的风雨同舟，生死与共。在天国的彼岸幻化为简单而又华丽的表白：我只愿在心里，再为你投递一封情书，让它伴你走过那风朝雨夕。于今，陪伴在两位老人身边的是湘西的山山水水，凤凰的朝朝暮暮。叹边城暮雨，愿相见来生。

目录

【情义投合不须猜】

【有情不老终成愿】

冰

心

c

o

n

与

t

e

吴

n

t

e

文

n

t

s

藻

爱与同情伴梦生

冰心与吴文藻

犹记儿时最爱书

彼年十月，秋风微凉，残暑尽消。福建省福州市隆普营的一所大房子里，池中的莲花已经开过了，金鱼在里面游来游去。那个名叫冰心的婴儿响亮地啼哭着，众亲人围在她身边，小心翼翼地把她从产后的母亲怀里抱起来，用爱怜的目光看着她。她睁开眼睛，好奇地张望着这个崭新的世界。

人的出生和死亡想必有某种联系，出生的时候在自己的眼泪中来到这个世界，死亡的时候在别人的眼泪中离开。冰心的一生给世间留下了太多的爱，在她离去的时候，我们也一并用眼泪将爱交给了她，但她最终带走的只是与吴文藻的一世情缘。

她的爱是细密的，无私的。这无不源于她诞生在一个清凉纯净的秋天，她的性格也便应了这季节似的婉约宁静，她的爱也褪去了夏季般的火热，温柔得如春水般绵长。难怪算命先生说她五行缺"火"，二伯父往她的名字里注入一个"莹"字，以补"命中之缺"。冰心原名谢婉莹，"婉"是谢家女孩子的排行。

我们无法回到一百年前的那个秋天，但我们从那一页页留存的诗和书信中，找到了关于她生前的一些故事，也从中领悟到了她和吴文藻的那段至死不渝的爱情。我们无法想象，一个世纪是多么漫长，其中有多少人在你的生命中来了又走，光阴流转，世事更迭，但在冰心的梦里，那或许还是昨天。

　　那时候，她和他都还是个孩子。

　　刚刚出生的冰心是不寂寞的。在她身边，尚有两个年纪相仿的堂姊妹，一道被祖父称为谢家的三蒂莲花。

　　"报道花开并蒂莲，一堂笑语闹喧阗，果然预兆簪花瑞，每岁花间会绮筵。"这是祖父谢子修即兴所做的小诗。也是冰心一生念念不忘的情怀。虽然，故乡的面孔在冰心离开之后，总是模模糊糊，但宅中池里的水莲，依旧散发着氤氲的香气入梦而来，因此，她知道亲情是一辈子的牵挂，故乡是绕不开的远方。

　　谢家的人都认字、识书。尽管倘若追及更遥远的祖上，祖父的父亲只是长乐县横岭乡的一个贫农，祖父谢子修是谢家第一个读书人。

　　谢氏始祖为炎帝后裔申伯公。其六十五世谢伯俭，迁居长乐，生二子录和铨。铨长期居住横岭，下传到八十五世谢以达，世世代代以农耕为业。谢以达即祖父的父亲。

　　那一年，乡间闹天灾，走投无路的谢以达千里迢迢来到了福州城里，学裁缝谋生，因为不识字，被人赖账，吃了哑巴亏，没有收到半分钱。彼时，家里已经窘迫到没米下锅的境地了。其妻羞愤难当，含泪于屋外一棵老树上自缢了断。情急之下，谢以达救下了自寻短见的妻子，相拥而泣，发誓要生一个儿子，让他读书。谢子修不负父母亲的厚望，终于成了一名教书先生。

　　后来，冰心的两个伯父也都成了教书先生。书香门第，可算名副其实。

　　刚满七个月，小冰心便要随着父母亲去祖离乡，搬往上海生活。还没有学会讲话和站立，冰心躺在母亲温暖的怀里，于襁褓中瞥见颠簸的车轮，曲折的老巷渐行渐远。她那懵懂而聪慧的心，仿佛感受到了告别故乡的哀愁，从嘴里发出稚嫩的啼哭。

老宅，别了；祖父，别了；书本却不会远离。如若一个人努力地热爱着某件事物，那么她一定会在狭窄的缝隙中寻到一条抵达它的出路。冰心如此，吴文藻亦是如此。

他们对于书本的痴迷，有着恒定的信心。在一个知识匮乏的年代，他们也能站立在人群的高处，俯视焦躁与虚无。

"他们（父母）有近于文学的嗜好，……有绵密深远的心胸，纯正高尚的信仰，或是他们的思想很带有诗情画意的。"这是冰心对父母的夸赞。四岁的时候，冰心就跟着母亲认字片，为了满足自己的求知欲，她喜欢听母亲和奶娘讲那些情节曲折、悲欢离合的故事，譬如《老虎姨》《蛇郎》《牛郎织女》《梁山伯与祝英台》等。

才女的天分总是于早年便可觅得踪迹，沿着书本这条线索，我们发现冰心在成年之后以惊艳的姿态绽放在文坛之上，乃是她受了书香门第的熏染，更是她与生俱来的气魄。

1906年，因为她的大弟弟谢为涵出世了，母亲没有时间担任小婉莹的启蒙老师，便由舅舅杨子敬先生教她读书认字。思想开明的舅舅，给小婉莹讲美国女作家斯托夫人的小说《黑奴吁天录》，也是从舅舅的嘴里，她第一次听到了《三国演义》的故事。后来她回忆说，《三国演义》是她幼时最喜欢的中国古典小说。有时候，舅舅工作太忙，无暇给小婉莹讲故事，她就凭借已经认得的字，自己边猜边看地阅读起来，居然读完了整本的《三国志》。

那一年，她才七岁。

读完《三国志》，小婉莹的阅读生涯便真的开始了，她又拿起《水浒传》《聊斋志异》，一本接着一本地读下去，因读书痴迷，常常是手不释卷，头也不梳，脸也不洗，看到得意处手舞足蹈，看到悲伤处潸然泪下。就这样，到了十一岁，小婉莹已经看完了全部的"说部丛书"，以及《西游记》《水浒传》《天雨花》《再生缘》《儿女英雄传》《说岳》《东周列国志》等等。

她，一头扎进沉沉的书海，她对书本的兴趣不分中外国别，只要是一切新鲜的有意思的故事，都让她兴趣盎然。外国小说、报纸和革命禁书，她都拿来看，并且经常把里面的故事讲给别人听。

书，让冰心幻想起自己的故乡。

那时候，年纪太小，冰心记不得福建老家的模样，也无法勾勒老祖父的脸庞，只听说祖父是一位受人敬重的教书先生，是有很多藏书的。

十一岁那年，他们又重回福州老家，冰心终于见到了一所大宅子，一个长须飘飘的老祖父。门前的青苔已经长了几寸，水珠子从高高的屋檐串珠似的滚落。她细细地打量着眼前这个老人，他的轮廓和自己的父亲如此相像，祖孙二人，四目久久相对。在烟台，父亲经常督促冰心给远在福州老家的祖父写信。小婉莹一笔一画用心地给她素未谋面的老祖父写信，小小年纪的她已经认得不少字，祖父谢子修也许早就从这一封封细腻的来信中，领会了小孙女的才气和灵气。抑或许是因为"家人骨肉之爱是无条件的"，冰心和祖父一见面便觉得有一股血脉相连的强烈感应。

是时，祖父已经带领他的大家庭迁居到了"城内南后街杨桥巷口万兴桶石店后"的"南后街86号"，这座老宅，曾经是黄花岗烈士之一林觉民的家，1911年4月，林觉民被清廷杀害后，林氏家族为逃避株连，不得不从这里秘密地搬走，谢子修老先生从林氏家族手里购得了这所大宅院。

这所老宅子里一共住了他们这个大家庭的四房人，兄弟姐妹们都十分和睦。祖父和冰心他们是一房，所以她时常围绕在他身边转。冰心是大家庭的孩子中最爱看书的一个，祖父对此经常点着头默默赞许。书房是他们祖孙二人的乐园，祖父的前、后房都堆满了书。小冰心一有空就进去翻书，祖父房里的书真是琳琅满目，冰心从中获益不少，犹让她印象深刻的是清人袁枚的笔记小说《子不语》，以及祖父的老友林纾老先生翻译的线装法国名著《茶花女遗事》。家里都是读书人，这座宅子的屋室两边都挂有楹联。其中："知足知不足，有为弗不为"这副楹联是祖父教育晚辈们的家训，小婉莹一直牢记心里。小婉莹每每看完一本书就整齐地将之放到原处。她不仅爱看书，而且更加爱惜书本。

在一个清冷的冬夜，小婉莹、老祖父和满屋满架的书本独对着，祖父抚摸着小孙女的头发，意味深长地说："你是我们谢家第一个正式上学读书的女孩子，你一定要好好地读啊。"从祖父叙述的往事中，小婉莹知道了自己的家世，她并不是"乌衣门第"出身，而是一个不识字、受凌辱的农民裁缝的后代。祖父是曾祖母的第五胎，难产生下的唯一一个男孩，曾祖父的四个女儿，都因为是女孩子而被剥夺了读书的权利！自此，她发誓不能忘本，不能轻农。在后来冰心填写表格的籍贯一栏中，她写的总是"福建长乐"，而不是祖父"进学"的"福建闽侯"。

冰心生长在一个清静和美的家庭中，不必谋求衣食生计，并且受着完整的教育。"她的脑筋永远是温美平淡的，不至于受什么重大的刺激扰乱，使她的心思有所偏倚。"她的童年生活是快乐、开朗、健康的，促使她日后成长为一个笔触温婉、性格柔美的女性作家。

和冰心相比，吴文藻家境虽不富裕，无多少藏书，却很早入了本乡的私塾，受到了诗书文化的启蒙，与书为伴是他最大的乐趣。加之他思维敏捷、勤奋好学，促使他日后出类拔萃，走出了乡野小镇。

冰心说："好书永远是我们最好的朋友。"书，是吴文藻童年的良师，更是冰心童年亲密的好友。冰心和吴文藻的童年，均是浸泡在书本中度过的，他们有爱，有梦，有书，灵魂便在最深处结识了，只等他或她的到来。

吴姓才子江阴来

"余霞散成绮,澄江静如练。"这是东晋著名山水诗人谢灵运笔下的江阴。江阴,古称暨阳,别称澄江、澄川,它的别称便是因此诗而得名。翻遍中国的古卷,恐怕再也找不出第二个地名,来让我们享受如此激滟的诗句,美得让人窒息。

但江阴的确如此,它北依长江,南望太湖,西毗常州、南京,东邻苏州、上海,自古为泰伯化育之邦、季子躬耕之邑、英才荟萃之地。又因城池形似芙蓉湖畔盛开的芙蓉花,故有"芙蓉城"的美誉。

芙蓉花开一倾城,江阴的美像极了盛开的芙蓉花。它比起浓妆淡抹的杭州西湖,多出了几分山峦起伏的阳刚,素面朝天,却不失色彩。

夕阳的余晖映照着彩霞,清澈的江水静静地流淌。古往今来,多少人从这里走过,痴迷于它的秀色,在这块钟灵毓秀的土地,有过多少红豆生出缠绵的相思?又有多少的名人将相、骚人墨客,在这里驻足流连。江阴,在向我们诉说着一段段尘封于历史的往事。然而,任凭我们怎么向往,都只不过是行于斯的匆匆过客。就像三毛看到周庄时,如此爱恋着它,却不得不哭泣着离开。

生于江阴的人是幸福的，吴文藻是幸福的。他被绿水青山怀抱，被江南古韵熏染，放下了世俗的喧嚣，涵养着日月的光辉，在人间漫步浅行。

缘分让我们知道了他的往事，他便将我们引向他的故乡——夏港。我们沿着时光溯流而上，听吴门望族的辉煌历程。县志记载："祖传禹迹所至，故名。"因此，夏港最多的并不是姓夏的人，而是吴姓。吴氏一族几乎占了小镇人口总数的一半之多，于是就有了"吴半天"的说法。县志记载：上古时吴姓源出姬姓部落，泰伯、仲雍兄弟从北方来到荆蛮之地江南，在锡山梅李定居，纹身断发，创立吴国，以国为姓。至仲雍第十九世孙寿梦称王，建都今吴县，辖境相当于苏、沪大部和皖、浙一部分地区。寿梦第四子季札不肯接受王位，耕于延陵（江阴、常州一带）。此后，吴氏后裔分为两支：一支是僚、阖闾、夫差等称孤道寡的国君。另一支是季札及其后裔，不断繁衍，便构成了当今吴姓的绝大部分，所以吴氏家族人士多以季札为始祖。

夏港，虽不过是一个小镇，但它南濒无锡，西望常州，北临长江，是江阴以西的第一条江涌河道。明人吴惟岳曾作诗《夏港西村路作》："涧水闲通碧树阴，几家同往蔚萝深。桑麻过雨添新色，鸟雀穿花送好音。信美东南多种作，恐经秦汉少追寻，身名尚愧樊笼里，偶尔行春惬远心"。这首诗，让我想到了陶潜梦里的桃花源，也是同样的良田美池，桑麻翠竹，也是同样的鸡犬相闻，黄发垂髫，这真是一片怡然自得的风光。只不过，夏港是真真切切地存在于人世间。

因此，夏港，你想要进入它是容易的，但要读懂它却很难。它是如此隐谧幽静，好像不问世事的隐士，安坐于江阴西侧的河边，闲看花开花落，但它却不乏显赫声名，"夏港吴门"的美誉传颂千里。

夏港，这样一个小小的地方，兴许是受了诗书礼义的熏陶，渊源历史的绵泽，才孕育出那么多达官贤能的吴门士子。所谓的人杰地灵，一方水土养一方人用在夏港再合适不过了。

总以为每个人的出生都是命中注定。否则，为什么他偏偏生在烟雨迷蒙的江南，而不是飞沙走石的大漠，为什么他不是生在死气沉沉的封建王朝，而是要在新时代的转折点上降临人间？有时候，我们执着于某物，却偏偏要离着它远去。然而，每个人没有理由不爱自己的家乡。在云淡风轻的午后，你曾摘下一枚青翠的柳叶，吹出嘹亮的哨音；在如火如荼的傍晚，你曾坐在门前的石凳上，猜测远方的未来。后来你远行了，你操着本土的方音，比画着陌生的手势，才会懂得与故乡的难舍难分。原来，所有的一切都已经融入了自己的骨血。

纵观吴文藻的一生，无论是他远赴海外求学，抑或是在战火燃烧的岁月奔走他乡，他的梦里出现得最多的一定是他儿时的故乡。那个被绿荫环绕的小镇，夏港。

夏港，是吴文藻的故乡。后来懂得，为什么我会在追逐他的故乡的时候，眼里含着泪水，因为我也深沉地爱着自己的家乡。

杏花江南牛毛雨，桃红柳绿鸟鸣春，正是夏港好时节，吴门又添一子孙。就是这样一个夏港，1901年4月12日，吴文藻出生了，也必定决定他的性格里充满了崇文尚智、豪侠重义之气。怪不得少年吴文藻就曾写下这样的诗句：

> 坐北朝南望南山，
> 日出取暖东是海。
> 一江春水北是街，
> 月光斜照西车站。
> 远走高飞求成才，
> 为国保家称好汉。

吴文藻，出生于夏港镇的一家小米店，他的父亲吴文焕就是经营米店的小商人。江南的米店，让我想起一首歌：

> 三月的烟雨　飘摇的南方

你坐在你空空的米店

你一手拿着苹果　一手拿着命运

在寻找你自己的香

窗外的人们　匆匆忙忙

把眼光丢在潮湿的路上

你的舞步　划过空空的房间

时光就变成了烟

爱人　你可感到明天已经来临

码头上停着我们的船

我会洗干净头发　爬上桅杆

撑起我们葡萄枝嫩叶般的家

——《米店》

　　虽然，这是一首爱情的歌曲，但我想，吴文藻家的小米店，大概就像歌中唱的那样，有如伴随着低沉的吉他弹奏声，安静、温馨。小小的米店，飘摇的南方，一个浸润了水乡灵气的小男孩，他坐在米店里，一手拿着书本，一手操着命运，在寻找自己的香。

　　一个小镇，一家小小的米店，便支撑起吴文藻的整个童年。在他的记忆里，家乡夏港小镇，也总是被这种清新和美的情调笼罩着。在三月的江南，细雨绵绵，他躲在老祖母的油纸伞下，纤徐地穿过深深的古巷。他听到雨滴敲落在窗台，看光滑的石板路陷进浅浅的凹痕。他赤着脚奔跑，跑到古旧庭院的老树下，整理自己细密的心事。

　　吴文藻的家不算富裕，日子却过得井井有条。小时候，他时常随裹着小脚的祖母去附近的庙里烧香拜佛。香烟袅袅，老祖母双手合十，目光虔诚，嘴里念叨着希望孙子将来能出人头地，他便在一边默默看着。

　　我相信在给这个新生婴儿取名字的时候，父亲是把厚重的希望寄予他的。"文藻"可做文章辞藻解，父亲想要他读书。在那个"男尊女卑"思想还很浓重的夏港小镇，吴文藻作为家里唯一的男孩子，无疑要比自己的两个姐姐幸运得多。

但命运虽说是上天的安排，同时也是自己的选择。我们无法断定有心插的花便能开花，无心种的柳无法成荫。只是，人一旦选择了一条路，便要怀着无比坚定的勇气走下去，那是他为自己负责。小小年纪的吴文藻，不会懂得如此深远的道理，他需要的是家人的引导和关怀。

吴文焕虽然读书不多，但素来仰慕饱学之士，倡导读书教育。几年前，他还曾经拿出自己辛辛苦苦赚来的钱在本乡办了一所小学，取名"昭德小学"。为了试探吴文藻是否有志于读书，父亲常常在他的身边放上几本书。每每捧起书本，吴文藻就一个人坐在米店里，痴迷地阅读，浑然忘我，常常顾不得姐姐们喊他吃饭的声音。

五岁那年，父亲吴文焕决定让吴文藻的二姐陪着他一起上私塾，启蒙老师是远近闻名的一位先生。先贤诸子、四书五经、诗词歌赋，只要是先生教的，吴文藻都能背诵如流。

历史上少年早慧的天才不在少数，但是长大之后可以成才的往往只有几个。宋代王安石就曾有过一篇《伤仲永》，仲永五岁便能即成诗书，然其父不使学，泯然众人矣！

吴文藻五岁入私塾，后上小学、中学、大学，对于只开一家小小米店的家庭来说是一笔不小的开支。现在看来，若不是夏港人重学的风气，若不是父亲的开明，吴文藻会不会也和方仲永一样成为普普通通的人呢？可我们不愿做那样的假设，因为天才总是惹人眷顾的。

静坐海边的诗情

大海阿!

哪一颗星没有光?

哪一朵花没有香?

哪一次我的思潮里,

没有你波涛的清响?

——冰心《繁星·一三一》

读过冰心的许多诗,不难发现她的诗里常常有大海的影子。海,就像乐曲中的某个音符,在冰心的诗歌里不断蹿动,一拍又一拍地蹦跶在我的印象中。我们常说,偏爱或是形成于某种反复的练习,或是由于不可找回的缺失。就像爱情,当两个原本陌生的人生活久了,柴米油盐的温情就会成为无法割舍的习惯,又会因为一段缺憾的爱恋,思念终生。于是,我们不由得猜想,大海之于冰心,究竟是怎样的情节?海,之所以成为一个意象,若不是如此热爱,如此牵挂,怎会被女诗人反复吟咏?莫不是因为大海给了冰心最初的灵魂，最深的力量！冰心对大海的深情不仅由于父亲是一位海军军官，还因为她在海边城市烟台长大。大海，滋养着童年冰心的性灵，陶冶着她的情操。

弗洛伊德说："童年的经验在人成长后会进入无意识中。"就是这样的无意识，给了冰心无尽的创作灵感。冰心自己也曾这样说道："童年呵，是梦中的真，是真中的梦，是回忆时含泪的微笑。"她称自己是一个"海化的青年。"

我们还记得，冰心是出生于一个清爽明朗的秋天，出生于一座庭院深深的古宅，出生于南国，一个被温暖的水汽与和煦的清风包围的城市。总以为，她的性格里会多一些柔婉，做一个安安稳稳的女子，像平常的闺秀，绣花、种草，给池里的金鱼添水，为年迈的祖父煮茶。也许，那也是冰心喜爱的生活，但一个人的成长，总是会面对无数莫测的方式，容不得人选择。有的人，一辈子就固守在一个小小的地方，甘心看光阴在指缝中老去，倒也知足常乐；而有的人，一生都在辗转之途中，到过许多个地方，看过许多风景，听过许多故事，心胸也变得宽广起来。冰心，便属于后者，她绝不仅仅是一个闺秀，她还是踌躇满志的青年。

就在她还没有完整记下福州老宅里的一草一木、一砖一瓦的时候，就与这座宅子告别了。在冰心的记忆里，她最初的故乡是大海，她是海的女儿。那个海，便是山东烟台的海。一想到北方的大海，我总猜想它是白色的，就像透明的纱将人一层层地包裹，宛如将婴儿放入襁褓之中，于是，她便生出了无数的梦幻，孕育了奇幻的童话。可我又想，北方的海是冰冷的，它把女儿柔情里面的一丝丝怯弱冲击掉，剩下一些壮烈的呼啸声。

离开福州以后，他们到过上海，在昌寿里居住了两年。母亲杨福慈把小冰心打扮成男儿模样，一头短短的头发，一套黑色的海军制服。曾经看到一张黑白照片，是小冰心与祖父母的合照，那张照片正是拍摄于上海，小冰心坐在祖父和继祖母之间，她穿着继祖母给她亲手缝制的小衣裳，俨然一个男孩子。

母亲这么打扮她，是有原因的。杨福慈是一位性格极安静、温柔的女人，天性敏感，极富感情，又知书达理，是当时典型的贤妻良母。母亲的贤淑与刚强是开启冰心美好性灵的第一把钥匙，为她将来成为一代才女种下美好的前因。"母亲，你是大海，我只是刹那间溅跃的浪花，虽暂时在最低的空间上，幻出种种的光，而在最短的时间中，即又飞进母亲的怀里。""我挚爱恩慈的母亲。她最初也是最后一个我所慕恋的人。"（《寄小读者》）

杨福慈十九岁嫁入谢家，与冰心的父亲谢葆璋感情极好。冰心不是母亲的头胎，在她之前，曾夭折了两个小哥哥。算命先生对杨福慈说："你的命是先开花后结果的，最好先生下一个女孩，来庇护后面的少爷。"难道算命先生真的可以预卜未来？或许只是他的吉言相劝。但命运就是如此奇妙。人的一生也许早就有一本命册，布满了结局，只是里面暗藏的玄机无法让人知晓，需得到高人的点化，便立刻顿悟通透了。果然，待到冰心出生后又连续迎来了三个弟弟，因此，她被家人视作有福气的"小福星"，被母亲更疼爱了。

杨福慈希望自己最心爱的女儿能够像她的父亲一样，拥有男孩子般的豪气和意志。

1903年，父亲谢葆璋调任海军训练营营长，负责筹办海军学校，于是他们一家离开上海，到了烟台。那时候冰心不过两岁。上海的繁荣与喧嚣，在她幼小的脑袋里亦无多少痕迹，只是后来常听母亲给她讲起自己小时候的故事才知道的。

烟台，大海，终于来到了冰心的生命中。小冰心的心智日渐成熟起来，她那小小的心灵朝着烟台的大海敞开了，她要做一个游戏在海边的小孩子，无忧无虑，如同一朵顽皮的浪花，她踩在沙滩上，坐在岩石上，观海。

他们在烟台的住所就是东山北坡的海军医院，房子面朝大海。这是怎样一个住所啊，让我想到了中国另一位诗人，海子的诗：我有一所房子，面朝大海，春暖花开。在海子看来，朝着大海，心便会春暖花开。冰心虽没有点明如此的诗句，但她住在海边的童年，就像是春天一样甜蜜美好的。海风随着那窗户的打开，一道涌入了冰心的心窝，她的心里、肺里、每一个细胞里都充溢了海的气息。

虽则如此，大海即是春暖花开般的存在，对于一个三岁的小孩子，又未必不是一种孤单。因为海的无边无际，小冰心终日看到的只有"青郁的山，蓝衣的水兵，灰白的军舰"，听到的，只是"山风、海涛、嘹亮的口号，清晨深夜的喇叭"。她在海边的童年是自在的，亦是寂寞的。

也正是这样的寂寞，给了她与大海独处的时光。"在海隅山陬奔游，和水兵们做朋友。"使她的"思想发展，不和常态的女孩，同其路径"。她敏感的心灵，也许是从母亲那里得到了遗传。一个五岁的女孩子，常常静静地坐在门前的石阶上，对着大海，海天相接处不时地翻涌起一排排的浪花。她专注地看着它，阅读它，发现海是变化无穷的，它的颜色从中午的银白色变成傍晚的玫瑰色，她看着看着，常常痴痴地笑出声来。有时候，母亲在晚饭的灯光下，问起冰心在海边独坐的事情时，欢喜而怜悯地落泪了。

冰心说："大海，是我童年舞台上，从不更换的布景。我是这个阔大舞台上的'独角'，有时候在徘徊独白，有时候在抱膝沉思。"人类的某些思绪有时候是道不明，说不清的，仿佛集体无意识留下的印记，有些与生俱来的哀愁或者欢喜。然而，每个人的个性又是千差万别的，有些人生性喜爱热闹，容不得一分一秒的独处；而有些人素来性格沉静，就算外界如何喧嚷，也能独坐一旁，安然自若。无论好坏。然而，后者或许更适合成为诗人、作家这样的人，五岁的小冰心已经感受到了独处时的迷醉。

诗人，必须是敏感的，稍带孤寂的。她面对的是整个人群、天空，一些别人看不到的隐藏在枝叶花朵间的微小颤动。海，因其庞大，包容了冰心无限的想象，锻炼了她细致的观察力，她渴望拥有一个关于海的故事，她曾几次提笔写过的，也在成年之后热烈歌颂的事物。

后来接触冰心的一些文章，我总觉得，她的性格是双面的，在细腻婉约中，一面夹杂着多愁善感，一面是健朗活泼的。如她的小说《超人》中的那个"超人"，他是一个孤僻的角色，而在她的另一些小说中，如《姑姑》中的那个爱上了比自己小一岁的姑姑的男孩，是年少倔强的，而那里面的"我"则是一个淘气的第三方叙述者。大概是文如其人吧，童年的冰心生长在一个海军军官家庭，她的父亲从小便锻炼她的坚强。他教小冰心骑马、打枪、划船，又或是参加天后海军的聚会，不舍得让女儿穿挤脚的小鞋儿。冰心热爱着她的母亲，同时也眷恋着父亲，母亲培养了她绵软细致的爱，给了她自然的力量，而父亲却教会她认识大海，认识世界。

夏天的黄昏，散步之后，父女俩在海滩上"面海坐下"。夕阳慢慢地落下，照亮了他们一大一小两个背影，海面发出闪闪的红光，彩云铺满了天空，面对美丽的大海，父亲却沉默不语。小冰心问："爹……烟台的海边就是美，不是吗？"父亲听到这个样的话就摇头感慨："中国北方好看的海湾多得是，何止一个烟台？你没有去过就是了。""比如威海卫、大连湾、青岛，都是很美很美的……"小冰心听到这里就要父亲带她去看海。父亲从身边捡起一块鹅卵石，狠狠地向海浪扔去，一面说："现在我不愿去！你知道，那些港口现在都不是我们中国人的。威海卫是英国人的，大连是日本人的，青岛是德国人的，只有，只有烟台是我们的，我们中国人自己的一个不冻港！"

父亲悲愤沉痛的爱国之心，深刻地烙印在了冰心的心上。几十年后，冰心想起那段往事中的对话，深情地说："因此，我从小就热爱我的童年所在地，'我们自己的烟台'……"

忠言逆耳遇诤友

冰心与吴文藻

南国女儿初长成

　　大海，给童年的冰心孕育了多姿多彩的梦，是冰心的第二故乡。在这里，她度过了一生中最单纯的岁月，从一个牙牙学语的三岁小儿，成长为一个英武神气的"小军人"。在烟台的那些日子里，她喜欢坐在海滩上，一坐就是一个下午；她愿意当一个灯台守卫，日日夜夜守护着大海；她总是骑在父亲的大白马上，在海边缓辔徐行。然而，这一切都在悄悄地远去，被时光的马车抛在了后头，再回首时，我们只能闻见嘚嘚的马蹄匆匆而过，却无处可寻它消失的足迹。于是，在冰心的文字里，总是提到她在烟台的那个大海，那个无法回去的灵魂栖息之所。她的大海属于童年，那些写着海的故事，里面都有一个小姑娘，她或坐在礁石上钓鱼，或和兵丁玩耍，或悲苦或欢乐。在她的关于大海的故事里，总有一个爱国的军人。她就是在一遍遍的回想和书写中，寻找她童年的大海。

　　"夜已深了，我的心门要开着——一个浮踪的旅客，思想的神，在不意中要临到了"（冰心《繁星》）。离开烟台，冰心只不过十岁。这个年纪的她，不算太小，至少不像七个月大的时候离开福州老家，眼睛里除了一片模糊的影像外，可能就如同一张不着墨的白纸，依旧平铺着放置在心灵的最安处。都说少年不识愁滋味，其实不然，只是年少的时候，尚不懂得太多的人情世故，她用善意洁净的眼眸观察这世间的种种别离，她如同树叶依附着枝条，在父母的携带下辗转、飘摇，懵懵懂懂地不知道要去向何方，对于自己究竟是什么样的意义？亦不知晓。她用一切皆有可能的好奇心向着前程敞开欣喜的胸怀，却不知道，有些地方和有些人一样，一转身便是天荒地老。

后来，冰心在长大后又回过山东烟台的大海，可物是人非，那个海已经没有童年的大海那般神奇美丽了，她会不会黯然神伤？或许变的不是大海而是自己的心境。冰心曾经这样写道："年光真是一件奇怪的东西！一次来心境已变，再往后如何？也许是海要拒绝我这失了童真的人，不让我再来了。"（冰心《往事·八》）

可是，谁又能永远叫时间停留在昨天，如果真的可以，想必我们也不会愿意。只有在经历了一场场华丽的相遇之后，方能发出"曾经沧海难为水"这样的感慨。只不过是自己的多情加重了记忆的美丽。所以，有首歌里唱道"相见不如怀念"，就恐怕再见时候的人已不是当初模样，心中的风景永不再现，再现的只是些沧桑的日月和流年。

也兴许是，这世上的事情就像老树里的年轮，要经过几圈，再回到原点早就有了定数。1911年，辛亥革命爆发前，冰心的父亲被人密告为"乱党"；又因海军学校中有不少是同盟会会员，学校图书室订有《民呼报》等宣传革命的进步杂志，朋友便劝他立即辞职，免得被"撤职查办"。他听了朋友的劝告，辞去了烟台海军学校校长的职务。这样，冰心和父母一同又回到了故乡福州。

这只当初从福州老宅飞出去的小燕子，又要飞回来了。祖父和她故乡的亲人自然喜不自胜。冰心虽然对海边的生活依依不舍，但是听说福州老家里有堂姊妹，有老祖父，还有大伯父、二伯父，这么热闹的一大家子，让她年少的心活泼起来。

离开烟台的中途，他们在上海虹桥住了一个多月，继而南下来到了故乡福州。

　　这一次，对于她更像是初见。她的老家和山东烟台是多么不同啊！就连空气里的味道都是不一样的。烟台海边的空气里都是海水的味道，咸咸的、湿湿的。时不时还会听到海风、海浪以及海军的哨声，海鸟的叫声。然而，到了福州，她小心翼翼地踏入南后街杨桥巷口的这座大宅，里面大部分的事物都是安静的，阳光从窗户中倾泻下来，空气里的尘埃在光的反射中忽明忽暗，她感觉自己落入了时光的隧道中，有一种说不出的熟悉感。就像贾宝玉初见林黛玉时候一样，脱口而出："这个妹妹，我是见过的！"所以说，一个人的出生地和她定有扯不断的前缘，缘分是谁可以说得清楚的呢？曹雪芹为我们写了一个"木石前盟"的恋爱悲剧，如果不是读者，故事中的人怎会知道自己曾是前世三生石畔的一株绛株仙草，为了报恩才在今世来到他的身边；故事里的别人又怎会知道金玉良缘再好也抵不过前世注定的姻缘。

　　我突然也想从《红楼梦》里拿出一个句子，贾宝玉说过："女儿是水做的。"冰心是海的女儿，她也是水做的女儿。但是水又有不同种，有像海一样变化不息的，也有像湖一样深邃宁静的，更有像小河般蜿蜒曲折的。福州的闽江，在冰心还是头一次见到如此温柔安静的江水。"清晓的江头，白雾濛濛；是江南天气，雨儿来了——我只知道有蔚蓝的海，却原来还有碧绿的江。这是我父母之乡！"（冰心《还乡杂记》）从此，她的性格里少了一份独自待在大海边的寂寞心情，多了一份如江水般沉静的女儿柔情。

　　环境在触不到的流光里，慢慢熏染着每个人的性情，就像一鼎柔和的香，不知不觉中，已经改变了你的气韵。有些人读的书多，谈笑间便散发着书生气；有些人亲近自然，她一出场就超凡脱俗。像冰心这样出身于书香门第的女子，她的一颦一笑间无不传承了大家闺秀的优雅与清淡；她从海边生长的经历，又使她的性格多了些自在洒脱，俊逸之气。将一静一动完美地融合于一身，生长成一朵娇俏可人的花朵。

　　1912年的秋天，十一岁的冰心以第一名的成绩考上了福州女子师范预科，成为谢家第一个正式读书的女孩子。

福州女子师范学校的校园原本是一所旧家宅第。学校有一个很大的院子，院子里也有一个大水池，上面还搭建一座石桥，桥边有亭馆，四周种满芭蕉，环境很是清雅。然而，因为是第一次进入公共的学校读书，刚开始冰心并不习惯那样的环境，总是一个人偷偷地掉眼泪。可是，她从没有想过辍学，只是默默地忍受着，并逐渐过惯了学校的生活，还交了一些小女朋友。其中，就有后来成为她良友之一的王世英。由于早年的文学底子，冰心的国文成绩十分突出，老师常常评论她的作文，说她是一个"冰雪聪明"的学生。在这里，她也接触到了数学、生物、体操等课程，大大地拓宽了自己的眼界。

然而，中华民国成立后，海军部长黄钟瑛把父亲召到了北京，要让他担任海军部军学司司长。冰心在这所学校里只读了三个学期，又不得不中断学习跟随父母离开福州北上了。

佼佼少年入京城

> 我生命的列车，一直是沿着海岸飞驰，虽然山回路转，离开了空阔的海天，我还是看到了柳暗花明的村落。而走到北京的最初一段，却如同列车进入隧道，窗外黑糊糊的，车窗关上了，车厢里的电灯亮了……

从这段冰心自己所写的文字里可以看出，她初到北京时的烦闷之情。她是个自小生长在海边的孩子，看惯了海的广阔无边，听惯了海风的呼啸，也习惯了故乡福州老宅里一寸一寸的光阴，一下子要进入北京这样一个森严繁复的城市，不禁感到一种压抑的情绪笼罩在心头。

举家迁往北京，冰心的父母亲带着三儿一女，取道水路，路经塘沽十八湾，又上了岸坐火车先到天津，再到北京。从福州到北京，如此漫漫长途，这样的一支家庭大军，再加上小冰心原本失落的心情，颇为劳累，使得这一旅途变得更加乏味单调了。当她看到塘沽十八湾浑黄的河水，几近干涸的河滩，一大片一大片枯瘦的农田，甚觉荒凉。

有人说，旅途不在乎目的地，在乎的是沿途的风景和看风景的心情。然而，如果没有期盼的目的地，又怎么会在意沿途的风景和看风景的心情？

初入北京，小冰心的眼里见到的是这般情境：灰色的城墙、尘沙飞扬的土路、面无表情的北京市民、衣衫褴褛的贫民，汗流浃背的人力车夫。多么惊心怵目的画面啊！小小的冰心原本生活在甜蜜温馨的家庭之中，被父母的爱深深地呵护着。在她的思想里，人是自由的，可以像大海上的水鸟任意高飞，却不想有那么多人在太阳下疲于奔命，卑微地行走。她头一次亲眼见到这凡世的艰难苦恨，心儿便酸涩起来。

怀着迷惘与不安，冰心一家的马车驶进了一条宽敞的大胡同——北京东城铁狮子胡同。后来，马车又稍稍向中间偏东一点斜插过去，进入一条曲里拐弯的小胡同——剪子巷，渐渐地放慢了车速，停在了胡同南口的14号门口。这里便是他们的新居了！

同是一样的地方，却有不同的人怀着不同的心情而来，得到的感受自然也有些许不同。冰心入京乃是十一岁，不为求学、不为梦想，只是顺着父母的意，去往一个陌生地。在她的眼里，北京没有什么诱惑吸引着她。只有那样一个几度周折，无法安居于一隅的童年，早就没有了远游的兴奋了。

四五年后，十六岁的吴文藻也背上了厚厚的行囊，带着父老乡亲的殷殷希望离开了家乡小镇——夏港，离开了江阴，离开了那个烟雨迷蒙的江南水乡。他此行的目的地也是北京。

吴文藻五岁时在夏港小镇的一家私塾上学，后来升入江阴城里的李延高小读书，遇到了他的良师益友曹老师，曹老师经常鼓励他努力学习。吴文藻毕业时，名列第一，获三优奖，考上了江苏省有名的书院改成的南菁中学。一年后，曹老师劝他投考北京的清华学堂，因为清华毕业后可以官费留美。吴文藻听了老师的劝告后，便在十六岁那年考上了清华学堂的插班初中二年级。

入京的旅费是吴姓同宗吴漱英代他筹的，也是由他带着从未出过远门的吴文藻去往北京。

北京的风光全然不同于江阴，它实在比江阴大得多，也热闹得多。虽然尘土飞扬，不及家乡的空气清新舒畅，但吴文藻对于清华学堂的向往总让他要热血沸腾起来。这是一座具有德国古典建筑风格的学校，青砖红瓦，坡顶隆起，风景秀丽。因而取名清华学堂，"水木清华"四字出自晋人谢混诗："寒裳顺兰止，水木湛清华。"它始建于1911年，曾是由美国"退赠"部分"庚子赔款"建立的留美预备学校。庚子年，八国联军发动侵华战争，攻入北京，与清政府签订《辛丑条约》，索取赔款九亿八千二百二十三万八千一百五十两银圆。后与中国达成协议，允诺"退赠"部分赔款，并规定要用于教育，中国政府须派遣学生去美国留学。旨在增强美国在中国的影响，但这也为大批中国有志青年提供了接受西方现代化教育的机会。

吴文藻十六岁入京，上清华学堂读书，彼时冰心已经在北京度过了四五载光阴，也从一个对北京不十分满意的小女孩长成一个亭亭玉立的女学生，渐渐地习惯了北京的生活，并且对它产生了感情。

冰心家住在北京东城中剪子巷14号，是一个不大的三合院。一道廊子，三间正房，东西两边还各有一个套间。房子装修得极为讲究：玻璃后窗，雕花翻扇，里面各嵌有一首小诗或一幅画。这样的房子倒也颇叫冰心喜欢。谢家在这里一住就是十六年。冰心的父亲谢葆璋入京以后，本想一展抱负，为国效力，怎奈被阴谋所困，无法得志，难免消沉。母亲又体弱多病，尚有三个年幼的弟弟要照顾。冰心就学做女红，帮助料理教务，还教弟弟们读书认字。闲时，就陪弟弟们一起看花草、打秋千、跳绳、踢毽子，玩老鹰捉小鸡的游戏。有时候，还经常跑到王府井去看进进出出的满族贵妇，她们身穿颜色鲜艳的旗袍和坎肩，脚蹬高跟鞋，梳着"两把头"，髻后拖着很长的"燕尾儿"，彼此见面、告别，都要不住地蹲下去、站起来，站起来、蹲下去，请安问好，频频寒暄。

这样的架势，她没见过，甚觉新鲜。于是，也忍不住学着满族贵妇人的样子作揖，闹着玩儿，实在有趣。她和弟弟们听到外面小贩叫卖的声音，看到打糖锣的担子从门前经过，庙会上变戏法、唱小戏、各种各样的小吃应有尽有，散发出浓郁的北方风俗。虽然如此，除去庙会等集市，更多的时间，冰心只能待在"谢家大院"里。市井生活虽然热闹红火，但在冰心的眼里却比不上童年的大海。她的心是静的，渴望远离人群，远离喧嚣，看蓝天中徘徊着白云，大海中飞跃起浪花。

但时间久了，一颗生机勃勃的心会被尘世浸染了颜色。何况是冰心这样敏感的心灵。她说："在别人只是模糊记着的事情，然而在心灵脆弱者，已经反复而深深地，镂刻在回忆的心版上了！"（冰心《往事》）"登山则情满于山，观海则意溢于海。"我们不能和时间徒手抗衡，只能在生活里暗自妥协，变换一种思路，转换一个角度。你会发现，原来另一面的风景也很可爱。过了一年，冰心的父母决定让她到贝满中学（当时称"贝满书斋"）读书，是一所教会女校。考试是一道"学然后知不足"的论说题目，方巧从前碰到过类似的题目，就不假思索，一挥而就。这让校长长斐教士惊叹不已，当即收下冰心。

冰心，是海的女儿，她的身上总是散发着海的独特味道。这个说着"烟台口音"普通话的小姑娘，是学校里的写作小能手，经常被同学们亲昵地唤作"小碗儿"。贝满中学的生活，快乐又温暖，使她对北京的爱也点滴积累起来。

再说吴文藻。古语有云，"十年寒窗无人问，一朝成名天下知。"可见，求学之路多么漫长，其中辛苦可见一斑。然而，哪一朵花在绽放之前，不是经过了血与泪的奋斗？哪一根手指，不流一滴血，便能弹出世间的绝唱？都说好男儿志在四方，吴文藻把握着来之不易的求学机会，在清华学校里苦研精修，勤俭自强，一面又怀抱着一颗火热的爱国之心加入到五四青年运动之中，为革命摇旗呐喊。又以自己的勤奋和执着，深得马约翰老师的赏识，于众多青年才俊中脱颖而出，取得了官费留美的资格。

十六岁的吴文藻，入清华学堂学习，正值意气风发，青春年少，梦想在他的眼里比天都高。别离故乡，其间离去将是几千里之外，更不知光阴何时召他回到故乡，他与家乡夏港，一别就是十三年。谁说寒门难出贵子？十三年后，当他带着满腹才华荣归故里的时候，也许不是所有的人都能够料到的。

文坛新星光璀璨

我记得民国的另一位才女张爱玲说过一句很有名的话："出名要趁早！"这个女人只是以小资口吻说道："出名要趁早呀，来得太晚的话，快乐也不那么痛快！"张爱玲是属于《神童诗》中所赞美的那类人物，自不必多说，大家都是心领神会的。"神童衫子短，袖大惹春风""年纪虽然小，文章日渐多"。这位才女名动沪上之时，年仅二十三四岁；冰心在文坛初露锋芒，也不过十九岁！

不过，张爱玲和冰心不是一个路子的作家。冰心是罗曼蒂克的，张爱玲是反罗曼蒂克的；冰心喜欢善和美，为读者打造纯美世界，张爱玲则孜孜于描述种种刻骨的真实；张爱玲认为没哪种情不是千疮百孔的，冰心则相信"爱在左，同情在右，走在生命的两旁，随时撒种，随时开花。"做这样的比较，倒不是说要在这两位女作家之间分出个高低。只是由于个人脾性不同，同样才华横溢的两个女子偏爱不同的表现手段，冰心用美和善来维护这个世界的真，而张爱玲则以她的视角去表达对人生的品味。

张爱玲，这位极早出名的女作家，晚年却过得十分凄凉，1995年，在美国旧金山的旅馆里发现她的遗体的时候，她身边没有一个亲人。她的一生和自己的文字都是真实地交织在一起的，如同沉迷于一出戏剧的演员，用自己的孤寂扮演了她心中和笔下的那份绚丽和惨淡。读到张爱玲的文字，我们总是被她那种痴绝的真情打动，但是，常人又何尝有勇气去演绎像她那般的人生？我们还是要回到自己的生活中，做一个岁月静好的女子，把那一道道凌厉的棱角磨光，方能少去一些疼痛。

于是，在我们还十分年轻的时候，会读张爱玲的故事，读罢便要指责这个世界的残忍与不公，指责那爬满了虱子的生命；但是，待到我们再年长一些，内心和世界达到了平衡，才会更加迷恋冰心的文字。她的语言在我们敞开伤口的地方抹上平和的药膏，让我们合上疼痛不息的伤口，如同婴儿合着她的眼睛，酣睡在母亲的温柔里。读着冰心的文字，字里行间流淌着清澈的泪水，她"要用一缕柔丝，将泪珠穿星儿来盛在弦月的圆凹里"送给我们。她的文字里有几分孤寂，却绝对不让孤寂叫人刺骨地痛，而是用赤子般的目光注视着它。而我们对待生活，不也应该像冰心那般不忘初心，心怀善意吗？

五四时期的冰心和吴文藻一样，都加入思想解放的浪潮之中。那时，冰心已经是北京协和女子大学理预科的一名学生了。也正是这场轰轰烈烈的五四新文化运动将才女冰心推上了文坛，使她成为一位闻名中外的女性作家。然而，这是她自己料想不到的事情。冰心起初的志向在于成为一名医生，并非是一位作家。尽管，冰心一直热爱写作和故事，对于美的把握能力超出了同龄人。五六岁的时候，她便尝试写自己的第一部白话小说《落草山英雄传》，毕竟年纪太小，词语有限，她只能搁笔；十五六岁的时候，她又开始《自由花》《女侦探》这两部文言小说的写作；她还喜欢编故事给弟弟们听，短短一年之内口头创作的故事达三百多则。有意无意地写作练习，让冰心已经踏上了作为一个作家的潜在历程。即使没有像张爱玲那样从小就是个天才，但也不妨碍她成为一名出色的女作家。

冰心想要成为一名医生的理想，源于她体弱多病的母亲。母亲每每病痛，都让冰心感同身受。她想要在将来成为一名医生亲自为母亲治病，好让病痛不再折磨自己亲爱的母亲。对于这一点，冰心的父亲也是赞成的，他说："古人云'不为良相，必为良医'，东亚病夫的中国是需要良医的，你就学医吧！"

1919年5月的北京，空气里飘满了槐花的香味。然而，在法国巴黎的凡尔赛宫，巴黎和会上的帝国主义正要和原本为一次大战协约国的中国签订又一个不平等的条约——《凡尔赛和约》：要将俄国在中国山东的权益转交日本。消息一传到国内，引起了中国人民尤其是北京大学生的强烈不满。为了抗议在《凡尔赛和约》上签字，北京的大学生在5月4日，发动了示威游行运动，要求严惩卖国贼。

冰心所在的协和女子大学虽然是一所教会学校，平常对政治潮流、社会形势一向不闻不问。然而，这一次"波澜壮阔的爱国力量"终于冲进了这个固垒，冲进了这个"修道院似的小院"。过去对学校校规安之若素的女大学生们，都一反常态，一个个情绪亢奋，听到紧急情况就纷纷放下书本，涌出教室，打听消息，为国家大事争论得面红耳赤。

协和女子大学在北京颇负盛名，学校的学生会是北京女学界联合会之一员，因而这儿也成了女学界联合会代表们开会的场所。擅长写作的冰心是协和女子大学自治会的"文书"，自然而然加入了联合会的宣传股，做一些文字宣传工作。

社会各界纷纷响应这场青年人发起的运动：工人罢工、学生罢课、商人罢市。冰心作为女大学生的一员也手举横幅、挥舞着小旗，请求过往的行人慷慨解囊，援助被捕的同学；为了抵制日货，她和其他女大学生亲手制作出文具、绣花手绢等日用品，拿到大街上去卖。

"这奔腾澎湃的划时代的中国青年爱国运动，文化革新运动，这个强烈的时代思潮，把我卷出了狭小的家庭和教会学校的门槛，使我由模糊而慢慢地看出了在我周围的半封建半殖民地的中国社会里的种种问题！这里面有血，有泪，有凌辱和呻吟，有压迫和呼喊。"除了上述的活动之外，握在冰心手中的最有力的武器便是文字了。

伴随着五四青年爱国政治运动的到来，在文化界，也掀起了一场"新文化运动"，青年们倡导用白话文写作，批判封建主义文化。民主、科学、自由、平等、博爱、无政府主义、乌托邦，空想社会主义，马克思主义等各种新思潮也开始涌入中国大门。宣传新文化、新思想的刊物如雨后春笋般拔地而起，如《新青年》《每周评论》《新潮》《语丝》等。

那时候的冰心虽然写得一手好文章，在社会上却几乎是没什么影响的，她写的文字不曾公开在报纸上发表过。为了积极宣传革命思想，冰心才鼓足勇气找到了当时在北京《晨报》当编辑的表兄刘放园，拿自己的文章给他看。刘放园看了这位小表妹的见解后，大为欣赏，并且经常拿新出版的《新潮》《新青年》《改造》等杂志给冰心看，让她借鉴大师们的写作，鼓励她在《晨报》上发表文章。

写作的道路总是孤单的，尤其对于一个文学新人来说，她必须克服迎面而来的挫折感，拥有超越自己的信心。冰心，无疑是幸运的。冰心的写作不仅得到了表兄的鼓励，也获得了父母的支持，使她少走了许多弯路。于是，她便大胆地将各种社会现象搜罗起来，写成"问题小说"，并用"冰心"这个简单好记的笔名投稿。于是，一经《晨报副刊》的发表，"冰心女士"这个名字，便在当时的五四文坛上响亮起来。从《二十一日听审的感受》这篇杂文小说开始，到继而发表《两个家庭》《斯人独憔悴》《秋风秋雨秋煞人》《去国》和《庄鸿的姊姊》五篇小说，可谓成果丰硕。这大概也是冰心人生的一大转折点，她自此放弃了学医的梦想，期望成为一名作家。"五四运动的一声惊雷把我'震'上了写作的道路。"（冰心《从"五四"到"四五"》）

1920年，协和女子大学、通州的潞河大学和北京的协和大学合并为燕京大学，协和女子大学改称为"燕大女校"。冰心由原来的理预科转入文本科，还跳了一级。

很偶然的一天，冰心从一本杂志上看到一个新鲜的名字——泰戈尔。这个叫作泰戈尔的人，写的小诗清新美妙、意味隽永，十分符合冰心的口味。原来，这是郑振铎翻译的《飞鸟集》的连载。她爱不释手地一遍遍地读着泰戈尔的小诗，被诗中关于"梵"的思想深深地打动着，也引起了冰心关于宇宙和自然的哲学思考。她开始写散文，写诗。那一年的冬天，冰心便在协和女大学习"梵"学——《圣经》，于次年秋天写下了一篇《画——诗》的散文。她把思考所得困惑、感悟、矛盾都一一写进了自己的作品，就像她童年在大海边那样，发出一层又一层更深的疑问：我的心啊！你昨天告诉我，世界是欢乐的；今天又告诉我，世界是失望的；又是什么？教我如何相信你！（冰心，《繁星·一三二》）

面对一系列形而上的问题，冰心始终以爱和同情，美好和纯洁去解答。所以她把自己的思想汇集成两本诗集，取名《繁星》《春水》，希望它们如春水般流入读者的内心。

1921年，许地山、瞿世英等发起并成立了文学研究会，并介绍冰心加入。不久，她发表了一篇引起强烈反响的小说《超人》。小说描写的是一位叫作何彬的青年，是20世纪初20年代患有阴郁症的中国青年的典型形象。当时，为《超人》审稿的正是一向头脑冷静的茅盾先生，他读了冰心的这篇小说，竟为之落泪了！

聪明绝顶的冰心，温婉通透的冰心，豪情壮志的冰心，在那个群星璀璨的民国时代大放光芒，在那个精英荟萃的五四文坛傲然绽放，以她爱的哲学抚慰着青年们病患的心。有谁能不被那一抹芳华打动？

彼年彼月的一天下午，风也轻轻，树也悄悄，适意午睡的吴文藻漫不经心地从清华学堂的图书馆中，翻开一本杂志，瞥到了那柔美娴雅的文字，注意到末尾的署名——冰心女士，他会不会被陶醉呢？

曾是惊鸿照影来

繁星闪烁着——
深蓝的天空，
何曾听得见它们的对语？
沉默中，
微光里。
它们深深地互相颂赞了。

——冰心《繁星》

　　每个遇到爱情的女子都会是一个诗人，每一个诗人无不在抒写爱情。念着冰心的小诗，我发现这个写着爱和童心的女子，很多时候都在赞颂自己的爱情。我相信，这世上所有的女子，无不为了赴一场美丽的约定而来，生于红尘乱世的她，最终的目的不过是献出自己的痴情，寻找命中注定的知己。只是缘分尚未来临，她虽情窦已开，却不知情为何物。于是，在青春的韶光里，她度过了懵懵懂懂的那些年。不懂她的人，会说她孤傲，把持着才女的姿态，俯视世间一切男子，以为都不配与之相爱。她近乎冷艳地穿行在众人羡慕的目光中，冷冷的，不识人间风情。

可有些人却迷上了她端庄素净的心，明白众星拱月的爱情多半只是热闹，一心一意的对待才是真情，因为真爱从两颗心中生出，冷暖自知，无关旁人。只是茫茫人海，谁也不能断定那一瞥不是会错了意。人们往往要经历种种迷乱和考验，方能认出谁才是和自己相依到老的另一半。所以有的人滥情，把自己放逐在一场又一场的风花雪月之中，到最后心如死灰，再也提不起爱一个人的勇气；而有的人却可以抓住初恋的美好，走完生命的全程。冰心是聪慧的女子，自然不会被眼前的蜜语甜言迷惑，而保持清醒自持。因为谁也没有权利给人无故伤害，尽管受伤的爱情在所难免。

吴文藻和冰心的爱情大抵如此，没有死缠烂打的追逐，亦没有言情故事里的误会，只有心照不宣的沉默；虽一波三折，却勇往直前；虽平淡似水，却情深似海。

1923年的夏天，冰心二十三岁，吴文藻二十二岁。郎才女貌，再好不过。吴文藻从清华学堂出发，冰心于燕京大学毕业。两人兼取得了官费留美的机会，在同一个下午，坐同一艘邮轮，到不同的地方去：吴文藻是要去达特默思学院，冰心要去威尔斯利女子大学。这两所学校，相距七八个小时的火车车程。倘若不是缘分，最终不过分道扬镳。我们时常唏嘘一段感情，莫不是如此巧合相逢，会不会有另一种截然相反的结局。

随着一声汽笛的长鸣，约克逊号邮轮载着满船的中国精英离开了黄浦江码头，驶入辽阔无际的大海。船上的青年纷纷向岸上送行的亲友挥手道别，一双双哀愁的眼睛，几乎要落下泪来。冰心站在甲板上，望着中国大陆的影子一点点远去，她这样写道：

> 我走了——要离开父母兄弟，一切亲爱的人。虽然是时期很短，我也已觉得很难过。倘若你们在风晨雨夕，在父亲母亲的膝下怀前，姊姊弟兄的行间队里，快乐甜柔的时光之中，能联想到海外万里有一个热情忠实的朋友，独在恼人凄清的天气中，不能

享得这般浓福，则你们一瞥时的天真地怜念，从宇宙之灵中，已遥遥的付与我以极大无量的快乐与慰安！

都说，他乡遇故知，那是因为人在寂寞的时候最容易懂得惺惺相惜，彼此都希望从对方身上获得一份安慰来填补短暂的缺失。这让我联想起元代诗人崔颢的《长干曲》：君家何处住？妾住在横塘。停船暂借问，或恐是同乡。第一次看到崔颢的这首短短的诗，寥寥数笔，白描勾勒出一男一女两船相逢的生动画面，不知为何就被感动了。那女子用天真直率的口吻问，"才郎家住在什么地方？"并且自报家门说，"自己家住在横塘，恐怕咱们还是同乡呢！"

行色匆匆的我们，每天和无数人擦肩而过，看不到自己要等的那个人。有时候，我们也会为一两个陌生的身影，为一个眼神，一个微笑打动。你是否也会时常在想，如果这个时候，你停下自己的脚步转身走向那个人，像诗中女子那般，天真无邪地问道：你有和我一样的感觉吗？那么，那个人会不会就是你苦苦寻找的人？就怕缘分来了，无法抓住，明明知道"百年修得同船渡"，却又偏偏担心你我只不过是萍水相逢，相遇了还是要分开，又何必琴心相许？向来缘浅，奈何情深。就连泰戈尔也曾写下这样的诗句："我们的生命就似渡过一个大海，我们都相聚在这个狭小的舟中。死时，我们便到了岸，各往各的世界去了。"于是，我们在红尘中漫步着老去，只能看着当初幻想的爱情，竟在年轻的生命里悄无声息地离开。

所以，我羡慕像冰心这样的女子，因为她具备了耀眼的才华，端庄的气质，和善的心灵，才被月下老人用心看护，于一个乌黑的夜晚，在甜蜜寂静的大海上，投下他意味深长的一瞥，一道红绳牵出了她今生今世愿与之比翼双飞的梦中情郎。

其实，在冰心身边，不乏追求她的优秀男子。在燕京大学的时候，这位才女凭借《繁星》《超人》在文坛上红极一时，成了多少青年男子心目中的红颜知己。有谁不渴望与这样的女子携手共赴诗酒年华，谁又不妄想和她相敬如宾地过完一生？燕大男校的校友许地山，亦是文学研究会会员之一，就在那时候爱上了冰心。这一次，许地山也和冰心一同在约克逊号游轮上。许地山比冰心年长几岁，他对冰心照顾有加，时常看到冰心一个人独自站在甲板上，靠着栏杆望着大海，就默默地站在她的身边。他们一同集会、散步、玩抛沙袋的游戏，可是冰心却总是有意回避着他。因为她说过：一不嫁军人，二不嫁文艺同人。无论什么样的理由，我们相信冰心的选择是正确的。就在许地山还没有来得及向冰心表白时，这份深埋在他心底的暗恋就无疾而终了，因为吴文藻出现了。

吴文藻的出现纯属阴差阳错，就连冰心自己都搞不懂，他怎么会突然冒出来，把自己的心儿一并偷走了。吴文藻是许地山找来的，他当时也一定不会料到，那竟是冰心生命里的缘。爱情来时，任谁也挡不住的，没有人想过逃脱，就乘着感情的风自由地飘飞吧。

冰心离开家人去往美国留学，这本是头一回。虽然约克逊号邮轮上有许多青年，但和冰心熟识的只有她的中学同学陶玲以及好友许地山。她这一次又是抱病远行，心里就更加孤单寂寞了。每一天，她都要望着大海思念自己远在北京的亲人，想起自己童年在山东烟台海边，和父亲一起骑马、投枪，可是如今，她只能独自想念着他们。有一回，船遇到大风，许多人都晕眩呕吐，大家都挟上铺盖躲到舱底去，只有冰心，为了体验对父亲的爱，一个人上了船的最高层，面对高竖的烟囱和桅樯，抱膝而坐，任狂风吹打，任船只颠簸，证实了自己的确是父亲的女儿，是爱海的青年。

就在轮船驶离东京，靠近太平洋的时候。冰心想起了她在贝满中学的女同学吴楼梅的信，说她的弟弟吴卓是这一届的清华毕业生，可能同船出国，还请冰心能给予关照。但冰心又觉得自己一个女生，直接去清华男生的船舱中找人，有所不便，就托许地山帮忙找人，只是说："找一个姓吴的。"

吴文藻走来的时候，冰心正在和陶玲等人玩抛沙袋的游戏，冰心说："吴先生，一起玩吧。"并用姐姐对待弟弟般的口吻关切地问："在船上还过得习惯吧？你姐姐写信来说，你也乘这一班船过去，她让我找到你……"吴文藻一头雾水地说:"家姐文化低,不知什么时候给您写过信?"冰心感到奇怪了:"你姐姐在美国,还是我贝满的同学呢!你是不是叫吴卓?"这时候,吴文藻羞愧起来,说他不是吴卓,是吴文藻,吴卓是他的同班同学。冰心方才知道自己找错了人。说罢,吴文藻要起身回去帮忙把吴卓找来。冰心却挽留了这位吴先生说:一起玩沙袋吧!

在游戏中,两人被分到一组,冰心和吴文藻配合得十分默契,笑闹之中,渐渐熟悉起来。玩了一会儿,大家都闲倚着栏杆,傍海闲话。如果这时候,会响起一首音乐,那么定是一首温柔而浪漫的曲子。一群青年男女熙熙攘攘地站着,看着海,眼中含情脉脉。

冰心问:"这一次出洋打算去哪个学校?学什么专业呢?"

"我有一个上一届的同学潘光旦,他说新罕布什尔州的达特默思学院的社会学还不错,他推荐我去那里学习。你呢?"吴文藻讲话的时候夹带着吴侬软语的口音,听起来十分温柔。

"我自然是想学文学的,准备选修一些研究英国19世纪诗人的课。"

吴文藻不是学文学的,但是平常喜欢读书,也看过不少文学理论原著,于是就有了话头:"19世纪重要的诗人,大概有雪莱、拜伦,你看过他们的专著吗?"

不想冰心诚实地回答:"这些是没有看过的。"冰心虽然已经写过不少诗,不过她写诗都是凭借自己的灵气,并没有读过那些理论书籍。

吴文藻直言劝告:"你如果不趁在国外的时间多读一些书,这次到美国算是白来了。"

别人见到冰心一般都会说"久仰""久仰"之类的话,冰心头一次听到有人这么直言不讳地指出自己的不足,有些诧异,有些心痛,但心里默默以为他是一个真诚的人,是她的净友、畏友。

轮船在大海上继续航行,此番航行要历经七天七夜,光是游戏或者倒在床上享受晕船时天旋地转的滋味难免单调。这时,一些爱好文学的青年便聚在一起,讨论出版一本船刊。这本刊物,就是在中国现代文学史上有名的《海啸》杂志。参与船刊创办的成员有:梁实秋、顾毓秀、许地山、冰心。

这几位都是当时文坛上活跃的年轻人。但梁实秋和冰心之间却存在过一些小小的芥蒂。梁实秋是清华高等科的学生，曾与比他高两级的闻一多等人组织了一个"清华文学社"，后来还翻译了《莎士比亚全集》，主编过《远东英汉大词典》，可谓学贯中西。不过，这位学识过人的青年，适时血气方刚，爱写文学批评，总是"四面出击"。冰心的《繁星》和《春水》自然也难免，他这样写道："冰心女士是一位天才的作家，但是她的天才似乎限于小说一方面……我从《繁星》《春水》里认识的冰心女士，是一位冰冷到零度以下的女作家。我读她的诗得不到同情和安慰，只有冷森森的战栗……我总觉得没有感情的不是诗，不富感情的不是好诗，没有感情的不是人，不富感情的不是诗人。"并且断定《繁星》《春水》这种体裁，在诗国里，终不能登大雅之堂，不值得效仿而流为时尚。

自古文人相轻，"各以所长，相轻所短……家有敝帚，享之千金……"这句出自曹丕《典论·论文》的名言，说的是文人之间一种不良的作风，批评当时的作家不要只看到别人文章里的缺点，而不反省自己写作上的失误。冰心是新出文坛的作家，她的诗歌自然并非完全成熟，然梁实秋的批评实在太过尖刻。所以当冰心在约克逊号游轮上经由许地山的介绍和梁实秋认识的时候，这位被梁实秋评为"零度以下的女作家，没有感情的不是人的诗人"只是对他淡淡地寒暄便罢。于是，梁实秋在后来的《忆冰心》一文中说："初识冰心的人，都觉得她不是一个令人亲近的人，冷冰冰的好像要拒人于千里之外。"

不过，冰心加入《海啸》的写作，却又是梁实秋自己推荐的。他虽然批评了冰心的作品，但不得不承认她仍旧是一位优秀的作家。于是，梁实秋就那篇批评《繁星》《春水》的文章，向冰心道歉。没想到冰心却很豁然地说自己的文章别人怎么看，她是不在意的，答应了梁实秋的约稿。

我从不肯妄弃了一张纸，

总是留着——留着，

叠成一只一只很小的船儿，从舟上抛下在海里。

有的被天风吹卷到舟中的窗里，

有的被海浪打湿，沾在船头上。

我仍然不灰心的每天的叠着，

总希望有一只能流到我要它到的地方去。

母亲，倘若你梦中看见一只很小的白船儿，

不要惊讶它无端入梦。

这是你至爱的女儿含着泪叠的。

万水千山，求它载着她的爱和悲哀归去。

——冰心《纸船——寄母亲》

　　这首为人熟知的小诗，就是冰心在1923年8月27日，太平洋的舟中为《海啸》杂志所投的稿。不知道读者是否和我一样，在读完冰心的这首诗时，被她洋溢在文字中的对母亲的爱感动了呢？看到她小心翼翼所折的白纸船，在海浪中颠簸、漂流……

　　"逐渐觉得她不是恃才傲物的人，不过对人有几分矜持，至于她的胸襟之高超，感觉之敏锐，性情之细腻，均非一般人所可企及。"梁实秋在《忆冰心》里面又这样说，他也暗自喜欢上了冰心。

　　这个时候，我们不能断定，感情的角逐谁胜谁负。许地山、梁实秋、吴文藻、冰心，四个人的情感走向又会发生怎样的改变？没有人告诉他们。人生如戏，戏如人生。如果，我们把冰心和吴文藻将要演绎的爱情故事看作一场戏，那么约克逊号邮轮上的相逢只是戏的开场，演员们装扮好各自登台亮相，舞台交代了背景，角色尚不明晰，要想知道这场戏到底该怎么演？我们只能耐着性子，跟着他们慢慢欣赏。但是，一出戏总是有主角和配角，一段情，也总是有牵手成功的那一对以及中途退场的演员。主角固然让我们羡慕，但配角也无须太让人感慨万千。人生在世，各得其所，命里有时终须有，命里无时莫强求。那些注定好的缘分早就在初识的那刻写下了结局，只是，他们自己尚不知晓而已。

情义投合不须猜

冰心与吴文藻

鱼雁传书多往来

一直以来，人们都喜欢"缘分"这个词，常为一段不知所起的感情，相信缘分本没有错，但是认清缘分却很难。遇到一段缘，痴情的人以飞蛾扑火般的热情去爱，以为这样就可以牢牢把握住它，殊不知执者失之，盲目的爱往往不是燃烧了自己就是灼伤了别人。到最后，看过了人间的悲欢离合，我们方才明白人生无常，缘分时圆时缺。太过执着的热爱，只会让你迷失自己，一念执着，转念安然。不苦求，亦是对缘分的珍惜。做不成恋人，我们还能做朋友，在心中为彼此留一段距离，不也温柔而美好？

有人说，冰心和吴文藻是一见钟情，那就是缘分。那么，梁实秋、许地山对冰心的初见何尝不是如彩虹般绚丽。后来，梁实秋在听到误传冰心夫妇双双服毒自杀的消息后，写过一篇笔触细腻的《忆冰心》，回忆了两人长达几十年的友情。冰心在梁实秋逝世后也写了一篇《悼念梁实秋先生》，文章中说："我们之间的友谊，不比寻常啊！"

遇上一段缘是一种巧合，守住一段情需要时间的磨合。毕竟，人生第一次经历感情像摸着石头过河，更何况，感情的道路向来崎岖，难免经受挫折。于是，我们希望做一个像冰心这样的女子，在爱情面前有理智的选择，一旦选择了便怀着义无反顾的勇气去爱；我们也希望成为吴文藻那样的男子，遇见心中的女神，用真诚和体谅交换一份天长地久的爱情。我们甚至希望可以做到如梁实秋、许地山那般的坦然，祝福所爱的人拥有一个甜蜜的归宿。虽不能相濡以沫，但还可以相忘于江湖，只要彼此都过得还好。

不可否认，冰心和吴文藻在约克逊号邮轮上初识，彼此的内心是中意的。吴文藻虽然木讷寡言，对冰心爱好的文艺也似乎不大感兴趣。冰心和许地山、梁实秋他们一起创办《海啸》时，吴文藻虽然是清华的学生，亦是梁实秋的同班同学，却没有参与这项活动。除了那次阴差阳错的相逢之外，他们之间便没有再多交流的机会。但在冰心的眼里，吴文藻是特别的，他是她生命里不可预料的一章，使她的内心起了小小的波澜。

吴文藻的话不像梁实秋，对冰心的作品进行了严厉的攻击，让一个女作家因失掉自尊而措手不及，这样的人是让她恐慌的。而他只是用不大委婉而诚恳的话把自己的看法告诉了冰心，虽然刺痛人心但还是让人感到稳妥。冰心想要的正是这样一份情。

我也相信，冰心在吴文藻的眼里，举手投足间有着不一般的端庄秀雅。一个近乎"书呆子"般的人，对感情拿捏不准，他只能在远处默默地看着她。他读着冰心写在船刊上的小诗，每每躺在船舱之中，仰望天花板想起她亲切的眼神，迷人的微笑。

这一程同船共度，七天七夜之后，他们便要各奔东西。梁实秋进了美国中部的科罗拉多攻读英美文学，许地山入纽约的哥伦比亚大学研究院哲学系，吴文藻去达特默思学院学社会学，冰心则进威尔斯利女子研究院进修。因为有缘相聚，也因为无缘而分离，正是这有限的旅程，让他们格外珍惜在一起的分分秒秒，为了使回忆的时候不留下任何遗憾。许地山、梁实秋、冰心这三个热爱文学的青年，总是围着壁炉共同谈论诗歌、人生、梦想。许地山觉得冰心是个淘气可爱，才气十足的小姑娘；梁实秋看出冰心是一个心思缜密、情感细腻，绝非常人可比的女性。虽然刚开始的时候，他们之间存在误会，但是现在，经过一番仔细的交流之后，冰心发现这两个男士开朗大度，与自己有着共同的爱好，可以成为朋友。梁实秋甚至把对女朋友程季淑的思念也向冰心倾诉，告诉她在上海与女友分别时，自己大哭了一场。如果不是绝对的信任，他怎会对冰心说出如此隐秘的哀伤？

　　但有时候，我们珍惜光阴，也挥霍光阴，以过度泛滥的感情来填满时光的空虚，却反而让彼此的心中留下难以弥合的伤口。于是，恰当的态度当是顺其自然，不拒绝亦不强求，缘分来了，点头欢笑，缘分走了，挥手道别。纵使心中有万般不舍，为什么不相信，倘若有缘还会相聚？就像三毛和荷西的爱情，六年之后，他们才走进了撒哈拉一同构筑他们的爱巢。

　　冰心和同船的朋友分离后，只是留了一个日后联系的地址，对吴文藻也是如此。果然，当她到达威尔斯利女子大学的时候，就收到了同船人的纷纷来信。

　　吴文藻让冰心感到出乎意料的第二件事情，便是在冰心收到的众多的来信之中，唯独他只寄给冰心一张明信片，上面质朴的言辞像他一贯的作风。冰心拆开那些来信，有许多还向她表达了爱慕之情，可是这个女子只是微微一笑，把信纸轻轻合上，逐一礼貌地以威校的风景明信片写了几句应酬的话予以回复。当她拿起吴文藻的明信片，瞧了瞧又思虑良久。兴许，冰心早就等待吴文藻的来信，想得知这个说话率真，不懂得恭维的男同学会怎样写信？他会怎样看待和自己的第一次对话？毕竟，用那样的方式和冰心说话的，只有吴文藻一个。

　　她饶有兴趣地给吴文藻回了一封信件，详细地叙述自己的情况。这自然是吴文藻当时尚不知情的。他没有想到自己会给冰心留下深刻的印象，亦不敢奢求清贫的自己可以追求众人仰慕的冰心。

　　可是，冰心是一个怎样独具慧眼的女子啊！她虽然骄傲得像一颗光芒四射的星星，却甘愿俯下身来谦虚地倾听一颗真挚的心。我们时常说，当一个女子爱慕一个男子，当是以四十五度的仰望来崇拜他。但无论抬头或者低头，都不过是为了拉近彼此的距离，好让自己和他在同一个水平面上说话。那些心中被爱填满的人亦怀着谦卑的心。最典型的当属才女张爱玲，她竟为了爱情低到尘埃里，却说那尘埃里开出了花。那是因为爱，所以有了慈悲。

兴许是独在异乡的寂寞，才让冰心特别希望找到一个知己。而这个知己，在冰心初次见到吴文藻时，心中就有了答案。

威尔斯利女子大学坐落在离波士顿不远的一个小镇上，依傍韦班湖，风景秀丽。初到这里，冰心也为它迷人的异国风光陶醉了。"它是响起第一声笑声的天堂"，年轻的女子身着白色的衣服穿过绿色的草坪，仿佛童话里的境界。威尔斯利女子大学，在美国也是一所很有名气的学校，曾为美国前国务卿的玛德琳·奥尔布赖特以及美国前总统克林顿的夫人——前美国第一夫人希拉里·克林顿，还有蒋介石的夫人宋美龄都毕业于此校。冰心经过燕京大学的鲍贵思老师推荐，来到这所大学研读文学，她是感到高兴的。

冰心是一个伴水生长的女子，韦班湖的湖水虽不同大海却也让她感到格外亲切，因此她将英文的"Lake Wabsn"谐音译作"慰冰湖"。她总是在湖边散步、看书、写字，思念远方的亲人。有人说，恋上文字的女子内心一定是寂寞的，她们希望可以用文字来表达这份寂寞。冰心是一个这样寂寞的女子，能够抚慰她的便是大海、文字以及爱。所以她靠着慰冰湖喁喁私语，坐在那里给中国大陆的小读者们寄去通讯，还要求得一个感情上的知音来化解内心的孤独。

早晨，她静坐在慰冰湖畔，靠于亭边，在膝上展开了稿纸，这样亲切而优美地向她的小朋友们描述道："朝阳下转过一碧无际的草坡，穿过森林，已觉得湖上风来，湖波不是昨夜欲睡如醉的样子了。——悄然地坐在湖岸上，伸开纸，拿起笔，抬起头来，四周红叶中，四面水声里，我要开始写信给我久违的小朋友。"中午她这样写道："水面闪烁着点点银光，对岸意大利花园里亭亭层列的松林……一声声打击湖岸的微波，一层层的杂立的湖石，直到蔽膝的毡边来，似乎要求我将她介绍给我的小朋友。"黄昏，她在湖上泛舟，小桨划动着柔柔的湖水："岸上四周的树叶，绿的，红的，黄的，白的，一丛一丛的倒映到水中来，覆盖了半湖秋水看，夕阳下极其艳冶，极其柔媚。将落的金光，到了树梢，散在湖面。"她"在湖光雾中，低低的嘱咐它，带着我的爱和慰安，一同和它到远东去。"这个湖名副其实地成了冰心的"慰冰湖"。

那时候，慰冰湖畔就经常出现一个身姿窈窕的东方女子，她一面给小读者写信，一面给吴文藻写信。吴文藻自然能够感觉出什么。他也许也是同冰心一样渴望一位知己，因为，谁的青春不寂寞呢？

但是，一路拼搏进入清华的吴文藻，最大的梦想就是可以来到美国留学，渴望学成归国，担当起改造中国社会的重任。除了整日泡在图书馆中学习之外，他没有情绪和心境像冰心一样，享受校园的风光和美景。他关心的是自己还有多少书没有读，他兴奋地说："这二年中，又接触到大量西方政治史与西方现代工业文明有关的社会经济制度方面的学说。在所学的课程中，对我后来研究方向影响较大的是史帝华教授讲的意、法、英、德等国的思想类型。"

一心专注于学业的吴文藻既没有心思为远离故乡而伤感，也没有想过，缘分已在冥冥中注定，来到他的身边。

他把冰心视作朋友，为冰心买书，挑选出自己认为冰心应该读的书。每一本买给冰心的书，他都先仔细地读过。吴文藻是个书迷，虽然不是学习文学的，却对文学书籍一样精通，每每读时，总是用红笔在书本中标出自己认为重要的句子。他把书和信一同打包寄给冰心说："我已经为你把书中的重点划出，你应该读读这本书，如果没有时间，起码把我划的重点读一遍。"冰心接到书信，总是迫不及待地把它拆开，像看老师指定的参考书一样认真阅读，看完后又给吴文藻回信，报告她的体会和心得。

后来，据冰心的二女儿吴青回忆说，当时她的爸爸吴文藻就是用这种独特的方式追求妈妈冰心的，那些用红笔标出的句子实际上是关于爱情的句子。不知道这是否是戏言。不过，吴文藻和冰心因为频繁的书信往来，拥有了共同的话题，交流确乎更加深入了。吴文藻为冰心寄来的这些书本极大地扩充了冰心的课外阅读，就连她的老师和她作课外交谈时都为此感到惊讶。冰心告诉她，那是因为得到一位中国朋友的帮助。她的老师感叹说："你的朋友真是个很好的学者！"

　　有人说，爱一个人容易，但懂一个人很难。吴文藻通过书本的方式了解了冰心的内心，他们的灵魂是互通的，思想上的契合使彼此慢慢生出了依恋与好感。虽然吴文藻当时并未意识到自己的做法让冰心受了极大的感动，但他在帮冰心挑书、看书的时候，脑袋里一定想着冰心。她还有什么知识需要补充？会有哪些地方不懂？真心实意地关怀好过蜜语甜言千百倍，冰心亦是懂得如此的道理。

沙穰疗养来探望

时间过得不紧不慢，转眼，秋天变成了冬天，还没等冰心缓过思乡的哀愁，却又让病魔给了她沉沉的一击——冰心旧病复发，患上了肺气管扩大。这使原本多愁善感的女诗人日益憔悴。住在"闭壁楼"宿舍的冰心，忧思过度，半夜起来，不断咯血，被及时送往学校的圣卜生医院，作了紧急处理，待到好转后，依照医生的安排，又被送往青山沙穰疗养院修养半年。

病中的冰心不能安心疗养，总是担心自己的学习，一想到要在疗养院待上半年，不能上课，出国留学成了出国养病，便心急如焚。"没有那几十页的诗，当功课的读。没有晨兴钟，促我起来。我闲闲地背着诗句，看日影渐淡，夜中星辰当着我的窗户……"她只能孤单单地躺在病床上，夜深人静的时候，望着凄清的月亮，看到月光下瘦长的白杨树影冷冷战栗，深深觉出了宇宙间的凄楚与孤独。或许是因为冰心这一段得病的经历，所以在她的作品中总有一些主题是围绕着人生无常，生命脆弱来写的，甚至有些主人公会在病中死去。

生病让冰心感到了前所未有的孤独，也让年轻的她深切地感受到了生命的沉重，在一个个住院疗养的白天黑夜，她凝神望着窗外的天空，总能想起童年的大海。有时候，她病情不好，会在夜里发起高烧，那片海的浪潮便涌上她的心头，在星星点点的浪花中，她看到自己的父亲母亲还有小弟弟们，全部用焦急的目光注视着她，醒来全是泪水。她想起母亲跟自己讲，小时候，自己得病，母亲是怎样把她抱在怀里，全家人又是怎样心疼。而现在，她想伸出手去抱住母亲，可母亲却不在身边，她只能对着窗外的月儿默默地流泪。

"……故乡没有葱绿的树林，故乡没有连阡的芳草。北京只有尘土飞扬的街道，泥泞的小胡同，灰色的城墙，流汗的人力车夫的奔走，我的故乡，我的北京，是一无所有。"但冰心在寄给母亲的信中，却说："北京纵是一无所有，但她有了我的爱，有了我的爱，便是有了一切。灰色的城墙里，住着我最喜爱的一切的人。飞扬的尘土呵，何时容我再嗅到我故乡的香气？"

人在异乡最怕得病，得病的人内心愈发寂寞。然而，威尔斯利女子大学的同学们却经常来看望冰心，给她送来的鲜花堆满了病房，还有许许多多的问候信。冰心拆开来读，内心满溢着温暖。其中，有一个美国女同学写道："从村里回来，到你屋里去，竟是空空。我几乎哭了出来！看见你相片立在桌上，我也难过。告诉我，有什么我能替你做的事情，我十分乐意听你的命令！"

住在波士顿的鲍贵思的母亲鲍夫人知道冰心得病后，亦专程赶来，见到她脸色苍白地躺在床上，十分心痛，含着泪说，我的孩子，你这是怎么了……听到这话，冰心落下泪来。

平安夜的晚上，看护来到冰心的跟前，微笑着捧出十几个红丝缠绕白纸包裹的礼物，向冰心说"圣诞快乐"，并一一堆在了她的床上。又是温暖的微笑，"这笑容仿佛在那儿看见过似的，什么时候，我曾……""一条很长的古道。驴脚下的泥，兀自滑滑的。田沟里的水，潺潺的流着。近村的绿树，都笼在湿烟里。弓儿似的新月，挂在树梢。一边走着，似乎道旁有一个孩子，抱着一堆灿白的东西。驴儿过去了，无意中回头一看。——他抱着花儿，赤着脚儿，向着我微微地笑。""这同样微妙的神情，好似游丝一般，飘飘漾漾的合了拢来，缩在一起。这时心下光明澄静，如登仙界，如归故乡……一时融化在爱的调和里看不分明了。"

在这个被宗教信仰笼罩的国度，人人都虔诚地信奉上帝，信奉普爱，自由，平等。这让冰心想到自己原来生活的北京，政府镇压百姓，兄弟姊妹也会形同陌路，何以让中国成了一个冷漠麻木的社会？她便更加感到心痛了。于是，在病房中，冰心支撑起自己柔弱的身体，重新拿起她的笔，不间断地给中国的小读者们寄去一封封的信件，传播爱的思想。从《寄小读者·通讯九》开始，到通讯十八，冰心向小读者们诉说了她生病的起因及治疗的过程，写了自己在病中对亲人的思念，报告在青山上的快乐温馨的生活。

在同学、看护妇、鲍夫人等人的关怀下，冰心的病情逐渐好转，热爱自然的冰心便又恢复了从前的活力，像自由的鸟雀到处玩耍，或是在山巅，或是在林间，或是在水涯。沙穰疗养院坐落在青山上，是一座绿树丛林中的白屋。山的尽头有一个湖，冰心来时正值岁末，湖水结冰，山坡上积满了皑皑白雪。冰心在寄给她的小读者的信中这样写道："2月7日，正是五天风雪之后，万株树上，都结上了一层冰壳。早起极光明的朝阳从东方捧出，照得这些冰树玉枝，寒光激射。下楼微步雪林中曲折行来，偶然回顾，一身自冰玉丛中穿过。小楼一角，隐隐看见我的帘幕。虽然一般的高处不胜寒，因此琼楼玉宇，竟在人间，而非天上。"

住在青山上的冰心从此既爱上了海，又爱上了山。她说："海是蓝色灰色的，山是黄色绿色的。拿颜色来比，山也比海不过，蓝色灰色含着庄严淡远的意味，黄色绿色都未免浅显小方一些，固然我们常以黄色为至尊，皇帝的龙袍是黄色的，但皇帝称为'天子'，天比皇帝还尊，而天是蓝色的。"不仅如此，她还把青山上的沙穰疗养院比作自己的乳母："她（指沙穰——笔者注）是单纯真朴，她和我结的是互持调理的因缘，仿佛说来，如同我的乳母。我对她之情，深不及母亲，柔不及朋友，但也有另一种自然的感念。"

沙穰村小朋友常常看到一个黑头发，穿着皮大衣的年轻姑娘，独自在林间小径行走，便悄悄赠给冰心一个"蛮族"的雅号。"蛮族"是生活在北美森林中的一类人，他们黑发披袭，以雪为屋，过着冰天雪地的渔猎生活。当梁实秋等中国同学得知冰心生病后，约定一起来探望冰心时，就打趣地说起了这件事情："听说一个东方文明古国的千金小姐，一病变成了北美森林中的Eskimo。"冰心就说："我倒羡慕像Eskimo那样勇敢呢！"梁实秋等人笑着说："你要是真的变成了Eskimo，那我们就不敢上山来看你了。"中国的同学能够来看望自己，这给了冰心极大的安慰，尤其是，这中间还有吴文藻。

冰心病了，刚开始的时候，吴文藻并不知道。他因为圣诞节及年假而去纽约，路径波士顿和同学聚会，才得知冰心生病住院的消息，便急着和他们一起专程来看望冰心。同学一行三五人，进门而来，如风的问候让冰心喜笑颜开。不知道是否是天气冷的缘故，她看到吴文藻脸上泛着如冰冻般的红晕，却木讷地坐在一边，听着其他几位同学和冰心说着玩笑话，也不知道怎样接住话头。借着说话的空隙，他对冰心说："你要听医生的话，好好修养，我还会给你写信……"冰心微笑着看了看吴文藻，默默地点头。

吴文藻的话总是那么叫人窝心。虽然，他没有明确表达对冰心的好感，但这又一次的相见着实让冰心感动。恋爱的滋味很奇妙，有时候就是那么小小的一句话，就可以让对方的心甜得快要融化了。而越是没有表明的爱意，在真正确定以前总会因为暧昧的气氛流转而让人心动。

吴文藻回到达特默思，立即给冰心写了一封信，他向病中的冰心表示问候，把自己在纽约为冰心选购的书本做出重点标注，寄至青山疗养院，并谈及了游览波士顿和纽约的感想。因为在纽约和波士顿，他参观了艺术馆、教堂、商业街，看到国外的繁荣和自己贫穷落后的祖国形成的巨大反差。这使他觉得为中国奋斗的任务更加紧迫了，他在信中写道：

在学习基础课和专业课的同时，我还选修了旁系的一些课程，如逻辑学，社会伦理学，英国宪政史，美国政府，社会经济学等。也因此比较早读到了受到列宁评论的霍布逊的《帝国主义论》和他的两本人本主义经济学著作《工作与财富》《工业体系》，读到伯里宣扬西欧启蒙时代人文主义思想的名著《进步观念》等。

冰心看完吴文藻的来信，又看了他给她寄来的书本，深信他是一位才华卓越、见识广博，并且洋溢着一颗赤诚的爱国之心的好男儿。从吴文藻的身上，她感受到了如父亲般刚毅的爱。是的，她已经爱上了吴文藻，爱上了这个来自江阴夏港小镇的清华才子。

爱情有时候会让人变得十分勇敢，如果他人对病中冰心的爱给了她对真善美的自信，那么吴文藻一如既往的支持和鼓励，他那股为学术献身般的高昂劲儿，让冰心看到了光，看到了希望。她要坚强起来，从病床上振作起来，继续她对文字的热情奋斗。虽不至于"诗穷而后工"，但是，在沙穰疗养院的半年时间，冰心笔耕不辍，创作了小说《六一姊》《悟》，完成了散文《忆淑敏》《往事》（二）十篇，《山中杂记》十篇。共计十万字，篇篇堪称经典。当她离开沙穰疗养院，这样回忆自己的这段写作生涯：它"赋予我以写作的自由，想提笔就提笔，想搁笔就搁笔。这种流水行云的态度，是我一生所不经，沙穰最可纪念处也在此！"

第二个来看望冰心的是许地山，这个比冰心年长的男子，入哥伦比亚大学学习后，仍旧对冰心倍加关注。1924年1月1日，他专程上青山来看望疗养中的冰心，讲了许多燕京大学的趣事。是日上山，大雪弥漫，许地山差点迷失了道路。下山时，已经灯光点点，青山后传来隆隆的火车声，冰心想着他独自归去的身影，写道："银海般的雪地，怒潮般的山风——这样的别离！山外隆隆的车声，不知又送谁人远去。"冰心何以如此惆怅，想必，她对许地山也是有好感的。这个师长般的男子给了她太多默默地关怀，怎能不触及她柔软的心？

读着许地山给冰心写的信，我的喉便像是吞噬了一枚酸涩的浆果，几度要流出温热的泪。他在4月26日致信冰心："自去年年底一别，刹那间又是三四个月了。每见薄英在叶便想到青山底湖水早泮，你在新春底林下游憩的光景，想你近日已好多了。"而在另一封信里，他说："去年今日正是我末次到青山区看望你底时候。一年的热情又在冷雨中默默地过去了。"

听过这么一个说法：每个女人的一生会遇见这样三个人，一个是她爱的人，一个是爱她的人，一个是彼此相爱的人。那么吴文藻是那个和冰心相爱的人，许地山或许就是爱冰心的那个人。我们从他感叹热情消退，爱情冷淡的话语中可以看出这个男子曾经对冰心陷入了一份怎样痴情而无果的恋爱中。残缺总是美丽得让人心疼。

有情再聚波士顿

　　四季更迭真是疏忽如骤，冰心依稀记得去年年底因病上山，寒风凛冽，万物萧瑟，整座青山都积满了雪，凄清和孤寂的心情仿佛让她走到了世界的尽头。然而，眨眼过去，竟是到了夏天，又一个山温水暖的季节。她所住的沙穰疗养院的窗前，树木都吐露嫩芽，不久花红柳绿，就连山尽头的湖也解冻了，泛起阵阵柔波，她的鹅蛋似的脸亦日益丰腴红润。尽管在疗养院的日子，也有许多快乐，这里有可爱的病友们，还有细心体贴的看护，但冰心仍是迫不及待想要下山去，回到威尔斯利，重新和她的老师、朋友们见面。

　　1924年7月5日，久病初愈的冰心在病友们的欢送下离开了沙穰疗养院，和青山告别。从此，沙穰村的小朋友再也看不到那个徘徊在林间小径的黑发姑娘，也许他们根本不知道那是一位美丽的女诗人，她曾经来过这里。她把青山上的一草一木都整理成独特的回忆，也把他们写进了文字。然而，有谁记得她呢？除了热爱她并被她所热爱的读者，她给青山留下的是轻轻浅浅的一笔。

每个人，都要在旅途中的小站稍作停歇，无论是有意停下来，还是无意被搁置，但目的地尚未来，就终不免与它一别，继续你未完成的旅程。无论那里的风景多么秀丽，那里的人们多么可爱，或者那里曾经有过你多么刻骨铭心的故事，你都只能把它收进记忆的匣子，把思念留给昨天。冰心从小就在一段段漂泊的岁月中度过，离开她日夜做伴的大海，离开诞生她的福州老宅，离开她在北京的家——中剪子巷十四号胡同，早就明白了时光是一条回不去的河，只能顺着它流淌。面对这些，她不带半点小女儿的任性，却拥有了一份超脱的坦然。

　　冰心亦是笃信，有爱就可以有一切。如若两个人真的有情，天地将不忍他们离散，他们自己也要手捧着爱，向对方走来。沙穰疗养院虽然给了冰心一段行云流水般写作的难得时光，却到底有几分与外界隔离的孤寂感，也怕自己的爱情因病错乱了节奏，辜负了这青春年华。她离开沙穰疗养院，就想知道她的爱是否依旧站在那里，等待着她。在山上疗养的日子，吴文藻始终和冰心保持通信往来，这让冰心感到心安而甜蜜。但是吴文藻的关心似乎总不够坦白，冰心亦有几分矜持，真不知怎样让爱说出口。

　　离开疗养院的冰心先是去了波士顿鲍贵思父母的家里，在那儿作了短暂的旅行。因为那时候，威尔斯利女子大学还没有开学，趁着假期出去走走，也是冰心的心愿。鲍家夫妇对待冰心就像对待自己的孩子，一出火车站，鲍夫人就拥抱着冰心亲吻。他们住在波士顿的一个小镇上，经常带着冰心出去游湖、野餐、泛舟。冰心的心灵因乡愁和生病遭受痛苦，却因为他们的爱变得更加美好，所以，她的文字自始至终都是在抒发爱，表达爱。

　　旅行之后，冰心重回威尔斯利，然而生病半年的她心知自己落下了许多课程，便在一放下行李后，立刻拜访了导师——罗拉·希伯·录密斯博士，友好的博士听到冰心用俚语（冰心从沙穰疗养院病友那里学来的）向她介绍自己的情况时，对冰心说："这是不高雅的英语。"为此，她勤奋学习，修正口音，并且努力赶上繁重的学业，期间劳累过度，又曾咯血，却坚持挺了过来。

冰心之所以有美好的心性，据她自己说是受父母之爱、朋友之爱、师长之爱的影响，但我认为，她的聪慧和勇敢，有些是与生俱来的，所以无论怎样艰苦的环境，她总能够乐观地发现爱，那些经常被人忽视不见的细微处的爱，她也能发现。因为，她知道，人是不可承受生命之轻的。

在威尔斯利上学，冰心还有不少中国的同学。王国秀（历史系）、谢文秋（体育系）、桂质良（理工系）、陆慎仪（教育系）等，虽不是和冰心同一年级同一科系，但是他们却经常生活在一起，王国秀还是冰心宿舍的舍友。

更让冰心感到高兴的是，在离威尔斯利不远的波士顿，梁实秋、顾一樵等几位在约克逊号邮轮上认识的朋友听说冰心康复后，常常来威尔斯利和她以及谢文秋等几个中国女伴吃饭，聊天，一起游"慰冰湖"。他们一边在湖中泛舟，一边讨论选修的课程和中国国内的情况。于是，就有人提议以"湖社"的名义，将这个聚会固定下来，每隔几个礼拜举行一次。

这群朝气蓬勃的留学青年，不仅谈论诗歌、文学，而且主张宣扬中国古代文化，反对帝国主义侵略。于是，那一年剑桥中国学生会的主持人沈宗濂提出，应该上演一出英语的中国戏来招待外国师友，同时可以向他们展示灿烂的中国文化。这场戏就是冰心参演的《琵琶记》，冰心演的是丞相之女，蔡中郎和赵五娘这对夫妇分别由梁实秋和谢文秋来演。也是因为这场戏，引出了一个小小的"典故"——"秋郎"。"秋郎"是梁实秋用来写文章的笔名，原来是冰心给他取的。在《琵琶记》排练和演出的互相接触过程中，观察细致的冰心，察觉到梁实秋有点喜欢上了上海姑娘谢文秋，可是谢文秋喜欢的则是另外一位在西点军校留学的朱世明，并且很快就订婚了。冰心便调侃梁实秋"朱门一入深似海，从此秋郎是路人。"想想也是，梁实秋为什么要用"秋郎"这个笔名，到了晚年又堂而皇之地自名为"秋翁"？这大概是"且志因缘"吧！

梁实秋和吴文藻不同，他是个说话极具幽默感的人，又是搞文艺的，本就浪漫多情。这样的人很能讨女孩子欢心。也许，冰心也是喜欢梁实秋的。不过，这样的喜欢仅仅停于心的表层，要是拿来谈论婚姻，冰心不会选择梁实秋。她在晚年这样说："我们的朋友里有不少文艺界的人，其中有些都很'风流'，对于倾慕他们的女读者，常常表示了很随便和不严肃的态度和行为。"后来，梁实秋的第一任妻子程季淑病逝，他又娶了第二个妻子韩菁清。冰心说："他呀，这一辈子就是过不了这一关！"冰心认为梁实秋不是一个对感情专一的人，而梁实秋却说："我呀，她那一关我倒是稳稳当当过去了。"

梁实秋对冰心有着深厚的友谊，冰心也曾写下一副字送给梁实秋做生日礼物："一个人应当像一朵花，不论男人或女人，花有色、香、味，人有才、情、趣，三者缺一，便不能做人家的要好朋友。我的朋友中，男人中算实秋最像一朵花……"梁实秋一直将之带在身边，直至去世。

冰心和梁实秋之间的感情到底可以用什么来形容？是友情还是爱情，或者两者参半，又或者前者压倒后者。而梁实秋在他的一篇题为《谈友谊》的文章，对男女之间是否会有真正的友谊抱怀疑态度，他引用了王尔德的话"一个男人与一个女人之间不可能有友谊存在的"，"因为男女之间如果有深厚的友谊，那友谊容易变质，如果不是心心相印，那又算不得是友谊。过犹不及，那分寸是难以把握的。"

但是，我相信冰心的一生只爱吴文藻一个人，她对他的爱始终是忠贞不渝的。这个感情丰沛的女子，亦拥有高度的理性。有人说，恋爱和婚姻是两回事，婚姻是爱情的坟墓。但冰心觉得恋爱的目的是为了婚姻，而婚姻当是以维持一个稳定的家庭最为可贵。冰心认为没有自由恋爱的婚姻不一定不幸，她的父亲和母亲的结合便是父母之命，媒妁之言，反而惺惺相惜，深爱着对方。

有了吴文藻，那么，至于冰心和梁实秋之间，我们只能说是存在默契的。20世纪80年代，梁实秋托二女儿文蔷给冰心口信："我没有变。"冰心亦托她带回："告诉他，我亦没有变。"就是这么短短的一句话，便概括出了他们之间的友情有多么凝重，这份情乃是他们人性之中绚丽的云彩。是啊，有些话，只要你懂，我懂，何必要说出来呢？放在心里，安安稳稳地度过一生，直到别了这世上的一切时，不妨说，你是我的知己！

梁实秋是冰心知趣的朋友。那么，吴文藻则是冰心爱情的归宿，内心平静的港湾。威尔斯利和达特默思之间路途遥远，吴文藻忙于学业，又无暇出来游玩，这使冰心和吴文藻很难见面，他们之间的感情也很难进一步发展。于是，冰心趁着演出戏剧的机会邀请吴文藻前来波士顿观看，为了表示诚意，还在信里夹了一张演出的入场券。吴文藻收到冰心的邀请后，自是欣喜不已，很想去看冰心表演，也很想见一见这位久未相见的喜欢的姑娘。不过正值期末，吴文藻的毕业论文尚在准备之中。何况，他深知自己和冰心的地位之悬殊，怕是若真的结成连理，能不能给彼此带来幸福？犹豫之中，吴文藻只好拒绝了冰心。信一寄出，这个一向理性多于感性的男子后悔了，他知道自己明明是很想见到冰心的，亦不想让冰心为此感到失望。就又匆匆启程，赶往波士顿去看冰心演出。

　　冰心爱上吴文藻，兴许是在约克逊号邮轮上的初次会面，兴许是在沙穰疗养院的再次探望，或者就是在波士顿演出《琵琶记》的当场，在拥挤的人群中，当冰心看到吴文藻出现的身影时，那惊喜的一刹那。相爱总是需要有个过程，从喜欢到爱，不知道之间会经历多少波折，可是有时候喜欢和爱是交织在一起的，爱是深深的喜欢，喜欢是淡淡的爱。冰心和吴文藻既喜欢彼此，又爱着彼此，所以他们的感情总是温和得让人舒服。无论在哪一刻，冰心和吴文藻都只是彼此冷静地站在两点的距离，但是却总会有交集出现，这大概就是命中注定吧！

　　那一场演出，冰心穿着亲手改制的服装，在舞台的灯光下，精致的妆容，完美的动作，彻底征服了吴文藻的心。吴文藻来得及时，当他出现在舞台下，冰心焦急等待的心一下子看到了希望，她眼里闪着本将要落下的眼泪，心中的暖流遍了四肢百骸。两颗心完成碰撞，只需要相视的一秒钟，那一秒钟里有感动、有心痛，也有说不清的安慰与快乐。

　　《琵琶记》的演出十分成功。第二日，冰心回到她美国的"家"，默特佛火药街46号，一帮清华同学追了过去，吴文藻最后一个进门。冰心悄悄地对他说："上回你来看我，我很高兴。"吴文藻明白，让冰心高兴的自然也包括这一回。

玫瑰最是绮色佳

请允许我尘埃落定
用沉默埋葬了过去
满身风雨我从海上来
才隐居在这沙漠里
该隐瞒的事总清晰
爱是天时地利的迷信
哦，原来你也在这里
若不是你渴望眼睛
若不是我救赎心情
于千山万水人海相遇
哦，原来你也在这里……

——刘若英《原来你也在这里》

有人说，邂逅是最美的相遇，在对的时间遇到对的人，注定要上演一场缤纷的爱情故事。然而，在错误的时间遇到对的人，注定是一场遗憾。虽然我不曾有过这样的相遇，但每每听到这首歌，总是会想：无论是否对错，缘分都由不得自己选择，那么，我们该如何面对一生中那些如花逝般的记忆，爱该怎样问候多年后的不期而遇呢？后来，我在女作家张爱玲的短篇小说《爱》中找到了和上面这首歌中类似的答案。它说："于千万人之中遇见你所要遇见的人，于千万年之中，时间的无涯的荒野里，没有早一步，也没有晚一步，刚巧赶上了，没有别的话可说，唯有轻轻地问一声'噢，你也在这里？'"简洁的问句，似乎表达了记忆瞬间的诧异，又似乎爱已经随着时间的几度周转，变得淡漠。曾经几度设想相逢时的复杂情景，但在此刻千言万语却总是无语。原来缘分在聚散之间不断磨损和更新着岁月的痕迹，流年改变了当时或喜或忧的心情，过往的爱情不再重要。

于是，我们便懂得无论怎样的相遇，只要顺其自然便好，不因寂寞而错爱，不因错爱而寂寞，自然地相逢，自然地走过，自然地牵手，自然地分别，自然地爱，甚至自然地恨，都是圆满。冰心和吴文藻阴差阳错地在海船上的邂逅便是美丽的，他们在康奈尔大学的意外相逢更是美丽。他们之间这一次又一次美丽的相遇，没有经过谁精心的安排，一切都是顺其自然。

康奈尔大学位于纽约州东部的绮色佳小城，吴文藻和冰心都因为美国硕士学位的要求，除母语外必须掌握两门外语，都不约而同来到这里补习法语。他们的感情一路走来，保持着极为平缓的节奏，不紧不慢，互相的书信往来已达两年，对彼此的了解也不断加深，便不知不觉已经到了相爱的境地，风景如画的绮色佳，给了冰心和吴文藻相恋的机会。他们之间是爱，不是寂寞。谁说不是呢？太过热烈的爱情总是来时如露，去如电，而唯有建立在成熟的感情上的爱情才能永久。

有人会说，既然所有的相遇都那么美丽，那么为什么有些人的爱情千疮百孔，到后来两个人形同陌路，恨不得把那笔记忆从生命中永远抹掉？如果冰心和吴文藻因为命运的某种不幸的安排，而没有在对的时间遇到彼此，当他们相爱一场之后，会不会因为错爱而分开，会不会使爱变得不那么美丽？我相信，像冰心这样聪慧的女子和吴文藻这样稳重的男子，亦不会因为把握不好自己的爱情，让它陷入无法收拾的残局。

虽然，冰心和吴文藻是初恋。但是，我认为在冰心决意要和吴文藻在一起之前，也是喜欢过别人的，只是她再三权衡，还是选择了吴文藻。人不可能从一开始就找准感觉，就算找准了感觉也不免要在感情上蹉跎几年。冰心面对众多优秀者的追求，尤其是她和梁实秋之间那份深藏在心中的友谊，或许也让冰心几度徘徊。可是，就在她于一个不经意的转身后，恰好相逢了吴文藻，这个阳光的大男孩笔直地站着，面带笑意，出现在她的面前，然后惊喜地说了一句："你也在这里呀？"回顾上次在波士顿的演出，时间相隔还不是太久，说完两人都相视一笑，彼此的好感心知肚明。如果没有遇见吴文藻，冰心的心会不会是忐忑的？她将无法预料自己到底会历经多少感情上的风雨，难保和一个风流才子错爱，也会不会像别的女子那样一次次欢喜、一次次失落？幸好冰心早就发现，吴文藻的爱才是她最值得回归的地方，爱情的理想就在那一次次她与他的相逢中变得彻底和清晰。

冰心知道，怎样的男子才是最适合自己的。那个人不是军人，亦不是文艺同人。因为她生长在海军军官家庭，父亲总是因为军舰上的工作，长年累月不在家，母亲便要遭受许多痛苦，所以她的父亲曾以玩笑的口气说过："我的女儿将来绝不嫁给海军的军人！"父亲想到他的同学黎元洪被软禁时的苦状，又说："我的女儿也决不嫁给当官的！"而冰心自己认为文艺同人浪漫风流，很难在婚后保持稳定的家庭。

虽说，女子的幸福要靠自己争取，但是婚姻对于一个女性来说，尤为重要。选择怎样的男子，就相当于选择了怎样的人生。冰心渴望安定、幸福，不求感情上的轰轰烈烈。吴文藻对于冰心来说，无疑是个智慧的选择，较之民国其他才女，冰心是幸运的。像庐隐、凌淑华这样的民国才女，都不乏才情和美丽的容颜，却不得不经历几段曲折的感情和一段破碎的婚姻。回望民国，在那些来去匆匆的浪漫情缘中，冰心和吴文藻的爱站住了阵脚，保持了唯一的完整，弥足珍贵。

盛夏时节的绮色佳，湖光山色妩媚动人，然而，康奈尔大学里面，中国的留学生都因为暑假的来临，早就收拾好行装到别处度假去了。那时候，补习班里只留下冰心和吴文藻两个中国人。于是，他们经常结伴而行，在林间漫步、在湖上泛舟。

Ithaca，一般译作"伊萨卡"，冰心把它译作绮色佳。这座位于纽约东部的小城，正如冰心所译的名字，有着诗情画意的美。而康奈尔大学就建在绮色佳的山水泉流之间，占去了这座小城的大半部分房屋。冰心在文章中这样描写它："绮色佳真美！美处在幽深。喻人如隐士，喻季候如秋，喻花如菊。与泉相近，是生平第一次，新颖得很！林中行来，处处傍深涧。睡梦里也听着泉声！六十日的寄居，无时不有'百感都随流水去，一身还被浮名束'这两句，萦回于我的脑海！"

绮色佳之美，在冰心的眼里，除去风景外，更让她心动的是发生在这里的爱情。她虽不是豆蔻年华，情窦初开，但与喜欢的人如此亲密地度过六十个日日夜夜，还是头一次。在这里，冰心和吴文藻热恋了，几乎在每一处可去之地都留下了这对年轻人的足迹。还记得在曲径盘桓的山路上攀登，吴文藻总是小心翼翼地把冰心护在里侧，爬完山他们一同坐在溪边玩耍，仰望周围的峭壁悬崖，做哲人似的沉思。

冰心感到幸福至极，说："文藻，你看这里的风景美吗？真像画里似的，我做了画中人！"

吴文藻答道："很美！"

忽而，冰心低下了头，又说："这是悲剧之一幕呵，我做了剧中人！"她认为人生的本质乃是悲剧，此情此景虽然美不胜收，却依旧是时光中的星光一点，将疏忽而逝。

他看了看坐在泉水旁的冰心，她洁白的倒影映在水面，脸色像一朵带着晨露的玫瑰。于是，就微笑着凑过脸问冰心："人生倒是挺像悲剧，但是人自知活着就那么几十年，谁也不甘清静，不甘流散，不甘寂寞，不甘落伍。我们还是把这美丽的风景留下来吧，你就做那画中人可好？"

说完，冰心又露出了笑容，吴文藻便给冰心拍照。那一日回去，吴文藻心里想的都是冰心的影子。她的眼，她的笑，她乌黑的发鬓，温柔的细语，无不让这个青年辗转反侧。

第二天，他们又一起相约来到绮色佳的刻尤佳湖泛舟。夜色迷蒙，天上星光点点，冰心手里握着小桨，将湖水轻轻划出波纹。晚风掠过他们各自的脸颊，空气里流着香气。冰心开口说话了："我自小就喜欢水，尤其是大海，小时候父亲经常带我在海边玩……"冰心讲起了她在烟台生活的童年趣事，接着又说起了自己的父母。她说："我母亲十九岁嫁给我父亲，两个人的感情一直很好，从没有看过他们发生争执。即便聚少离多，他们也彼此牵挂。他们对我的爱让我难以回报。"

吴文藻叹息道："这样的婚姻，现在在国内已经是不多见了，很多人结婚后并不幸福，反倒麻木消沉了！"

"国内社会不稳定，婚姻难免遭受影响。那些婚姻的不幸者都是因为不懂得珍惜彼此的感情，殊不知人生的道路本来崎岖，维持一段良好的婚姻需要两个人共同付出努力才行。在平坦的路上，两个人固然能携手同行。但在荆棘遍地的路上彼此要扶掖而行，更要坚忍地咽下各自的痛苦，互慰互勉，相濡以沫。"

吴文藻望着眼前这个女子，她说话的语气是那么认真，对待婚姻的态度和自己又是不谋而合，不禁充满了虔敬和激情。他依旧用那副文绉绉的语调，向冰心说："你和我的想法一样，我想我们是否可以最亲密地永远生活在一起？"

冰心手里划动的小桨停住了，湖上寂静，没有一点儿水声。夜色里，吴文藻看不清冰心的表情，感觉她低下了头，自己的脸上却仿佛红云般要燃烧了。

可是，吴文藻还是鼓起了勇气，更加坚定而明确地对冰心说："做你的终身伴侣，是我最大的心愿。"

这是吴文藻第一次大胆地向自己的心上人表白，刚开始，酝酿已久的句子不知道怎样说出口，但总算把真实想法告诉了冰心。他自然期望冰心可以答应自己的求婚，因为他是经过深思熟虑的。

冰心没有拒绝吴文藻，也没有立刻作答。吴文藻的表白在情理之中，却还是让冰心稍稍感到意外。也许，冰心早就有了答案，只等吴文藻说出来。可是，这一刻，当一个男子向自己表达爱意，并且要求永远亲密地生活在一起时。冰心的心跳节奏加快，面对突如其来的甜蜜，不知所措地说："今晚时间不早了，我们回去吧。"

他们一起划着小船，在湖边停靠，上了岸。岸上的灯光把草丛照得雪亮，冰心看到地面上自己和吴文藻的影子，两个人紧紧挨着，这一路，走得好漫长。

第二天，两人来到林中散步，冰心说："你昨天问我，可不可以和我永远生活在一起。我还不能给你答案。"吴文藻用真诚的目光望着冰心："你可以再考虑考虑，我可以等你。"冰心又说："我回去想了很久，自己没有任何意见。只是，需要得到父母的同意。"吴文藻终于明白了冰心的意思，其实她是答应了自己的求婚，内心十分欣喜。

那年暑假，位于绮色佳的康奈尔大学，不仅有冰心和吴文藻这一对中国恋人，还来了民国时期另一对才子佳人——梁思成和林徽因，他们也是来选修暑期课程的。当时，梁思成和林徽因之间已经确定了婚姻关系，他们共同留学美国修学建筑学。梁思成是中国著名的建筑学家，他的女友林徽因不仅精通建筑、美术，而且是一位女诗人、女作家。读过她的诗歌《你是人间四月天》，通篇文字优美舒畅，林徽因本人长得精巧美丽，娉婷袅娜，如一朵盛开在人间四月的鲜花。冰心初见林徽因，也为她的美深深折服。她在《人世才人灿若花》一文中回忆说："1925年我在绮色佳会见了林徽因，那时她是我的那朋友吴文藻的好友梁思成的未婚妻，也是我所见到的女作家中最俏美灵秀的一个。后来，我常在《新月》上看到她的诗文，真是文如其人。"

吴文藻和梁思成是清华的同学，在绮色佳，他们便经常互相往来。他们一起野炊、泛舟，冰心和林徽因两位才女也在那时候结下了欢乐的友谊。不仅如此，冰心和林徽因祖上早有渊源，林徽因的叔父林觉民的家——福州杨桥巷的大院，就是冰心祖父谢銮恩老先生购买的那所宅子。

她们共同欣赏印度诗人泰戈尔，经常在一起谈论他的诗歌，可谓趣味相投。当泰戈尔于1924年4月首次访华时，林徽因还与徐志摩共同接待了诗人泰戈尔，遗憾的是，冰心当时尚在国外。

我总是相信，在那些美丽的地方，总会有美丽的故事发生。就像杭州的西湖，有许仙和白娘子的故事。后来，就分不清是地方因为故事而美丽，还是故事因为地方而美丽，总有一些人慕名而来，络绎不绝。那个地方变成了难忘的地方，那些故事就成了传说。在西湖，也许是几千年前确乎有一对恋人，于断桥相爱。但那两个人的名字是否一个叫许仙，一个叫白娘子，已经无法查证。绮色佳，这座美国纽约东部的小城，来过两对中国的恋人，一对是冰心和吴文藻，一对是梁思成和林徽因，倒不是传说。若不是冰心在晚年谈到自己和吴文藻的爱情时，回忆那座小城，有谁还会知道它曾经有那么让人感动的事情发生。她顺带着也回忆了林徽因和梁思成的爱情。

在康奈尔大学修学的日子里，林徽因曾经得过一场病，梁思成日日守在她的身边，每天早晨用摩托车给她送来带露水的花朵。她只要一睁开眼睛，就可以看见那些梁思成为其采来的鲜花。

所以，恋爱和婚姻有着密切的关联，不是因为你不爱他，才和他结婚，而是因为你爱他，想要和他过一辈子的生活，才勇敢地牵手。林徽因选择了梁思成，冰心选择了吴文藻，她们一定认为那是自己无悔的选择。

求婚书寄父母亲

六十天，很快就过去了。古人云，春宵一刻值千金，大概这样的感受在恋人身上才能体会吧。还没有享受够热恋的甜蜜，吴文藻和冰心分别要回到达特默思学院和威尔斯利女子大学去了。那年夏天，吴文藻以优秀的成绩于达特默思学院毕业，获得硕士学位后，升入哥伦比亚大学研究院社会学系攻读博士学位。哥伦比亚大学离波士顿较近，两人见面的次数就多了起来。

这回分别，吴文藻拿出了一个颇有心计的小礼物送给冰心，这也是吴文藻送给冰心的第一个礼物：一支幸福牌钢笔和一大盒印有谢婉莹三个字的首字母X.W.Y的特制信纸。冰心心想："原来，我喜欢的'书呆子'还有这么细腻的一面。"

吴文藻何止心思细腻，为了能够离冰心更近一些，他选择了哥伦比亚大学，而不是在社会学研究地位上更高一筹的芝加哥大学。他说："我因当时人已在东部，加之清华同学陈达之劝并预约我毕业后返回母校任教，我就进了哥校。"年轻人为了爱情做出恰当的妥协，是无可非议的。

不过，哥伦比亚大学的社会学研究虽不及芝加哥大学盛名，却也在20世纪20年代的美国占据着重要地位。在哥校学习的日子，吴文藻虽然学业紧张，却能够将爱情和学业安排得"井然有序"。他几乎天天都给冰心写信，叙述自己对女朋友的思念。冰心在威尔斯利的女同学们总是看到她收到同样地址、同样字迹的来信，便知道冰心有了男朋友。这位男朋友是清华不起眼的留学生吴文藻，现在在哥伦比亚大学读社会学博士。在她们眼里，才华出众、出身高贵的冰心至少该和一个名门望族的子弟才可匹配。可冰心怎么就喜欢上了一个穷学生呢？冰心风趣地说："我告诉吴文藻，自己是个有病之人，说走就走，可是他还是执意要和我在一起。"

世人都说门当户对是选择婚姻的基本前提，虽有些许封建"门第"观念在作祟，却不得不承认两个家境悬殊的恋人，要在生活习惯和思想观念上进行良好的磨合并非一朝一夕之事。人们总是无力抵抗现实生活给自己美好爱情布下的重重陷阱，稍不谨慎，就会导致情感的支离破碎。于是，就有了如今电视上经常播放的家庭伦理剧中的情景，城市女和凤凰男结婚，两人婚后由于各自家境的悬殊，到最后分崩离析，无法得到幸福的结局。

然而，冰心和吴文藻的结合是理性的。冰心不觉得，自己因为写作出了名，就和普通人有什么两样。就像她的二女儿吴青所讲："我并不觉得妈妈是一个伟大的作家，我甚至在很长的时间都不知道妈妈是作家。我只知道，冰心是我们的妈妈，与他人的妈妈没有什么不一样，要管孩子，要料理家务，要关心和体贴爸爸……"

我记得某卫视女主播说过一句话，觉得有几分道理："看一个男人的品位，要看他选择什么样的女人？"反过来，看一个女人的品位，也该如此吧！冰心的理想并非做一个高高在上的人，她只希望把自己的爱传递给人间，这也是她发表文章的最初动机。这个幼时就梦想着当一名大海的灯台守的女子，这个渴望经得起寂寞和风浪的女子，从父亲那里继承了军人般的坚毅和爱国的品质，要把光明施予世间。

她说："回到国内，不要都想去当'领袖'，当'总长'，应尽到自己的职责，若设一位书记，我愿做一个好书记，若设一个小学教员，我愿做一个好教员，若设一个牧者，我愿做一个好牧者，尽到自己对社会对他人的一份职责。"

还记得在绮色佳度过的那个美妙的暑假，冰心和吴文藻定下了他们之间的婚姻誓言。那么，又一个寒假来临了，这对恋人终于又可以小聚了。吴文藻写信邀请冰心来哥伦比亚大学度假，冰心欣然答应了。不过，20世纪的哥校规定女学生不准进男生宿舍。恰好，冰心曾在威尔斯利的女同学王国秀毕业后也升入哥伦比亚大学攻读历史。吴文藻就安排冰心和王国秀住在一起。晚上，冰心和王国秀一起聊威尔斯利，聊吴文藻；白天，冰心就跟着吴文藻一起去大港湾看自由女神像，去剧院看莎士比亚的戏剧。为了多看几场戏，他们经常买最后几排的票，有时候，站着看戏累了，吴文藻就像柱子一样笔直地立着，让冰心靠在自己的身上。冰心小鸟依人地靠着吴文藻，显露出东方女性的娇柔。

恋爱的内容无非就那么几项：写信、吃饭、看戏、一起散步、一起玩。渴了，有人给你递上一杯开好的饮料；累了，你就可以靠着他的肩膀休息。虽然，放眼望去，满大街都是恋人，可是美好的风景总不嫌多，热恋中的人们总是让人羡慕，尤其是年轻的恋人。看那如花美眷，任凭它似水流年。此刻，你侬我侬，整个纽约在恋人的心里只是存在她和他之间的二人世界罢了。

俄国19世纪一位作家果戈理曾经说过："青春终究是幸福的，因为还有未来。"而我认为，青春的幸福当属年轻人不知疲倦地追逐与热爱，其中包括理想、爱情。因为年轻，我们始终有骇人的精力和顽强的恢复力。一次梦想失落，还可以重新找到另一个梦想；前天还因失恋而号啕大哭，今天却可以在人群中看到你面朝阳光的脸。梅艳芳的歌里唱得好："爱过知情重，醉过知酒浓。"如果有谁，不曾在年轻的时候，有那么一次爱得天昏地暗，忘了自己，或许不算是完美的青春。

其间，常有朋友来访，王国秀故意嗔怪道：冰心是我的客人，可时间都被你们占去了。众人听闻哈哈大笑，辩驳道：国秀此言差矣，冰心是吴先生的客人，也是我们大家的客人，怎可独占"花魁"？

纽约的度假很快结束，冰心又回到了威尔斯利女子大学，开始忙碌她的硕士论文选题。兴许是有感于爱情，兴许是女诗人之间心有灵犀，冰心的硕士毕业论文做了宋代女诗人李清照的词，以阐述中国传统美学精神。冰心和这位宋代的女诗人一样，因为和心上人分隔两地，无法相见，而终日陷于无尽的相思。

> 躲开相思，
>
> 披上裘儿
>
> 走出灯明人静的屋子。
>
> 小径里明月相窥，
>
> 枯枝——
>
> 在雪地上
>
> 又纵横地写遍了相思。

—— 冰心《相思》

恋爱的女子最富诗情，当一个最富诗情的女子恋爱时，她的眼里都是诗句了。读着这首《相思》，我们猜想当时的冰心，于冬夜寒冷的灯光下，伏案写作毕业论文，可是频频望着窗外的月儿出神，她丢下笔，写不下去了，因为思念涌上心头，如狂风巨浪吞噬着那颗为爱狂热的心。她走出屋子，呼吸着外面寒冷的空气，听到枯枝掉落时清脆的声响，惊动了熬夜的神经。于是，那些歪歪扭扭落在地上的枝条，竟如笔画般拼凑出自己的心思，皱眉看时，仿佛看到了"相思"二字。

正是切身体会到相思的痛苦，冰心对于李清照的闺怨之词，也有了一番更加透彻的理解，她的硕士毕业论文完成得十分出色。可是，接下来，更加长久的相思在等待着她。她应燕京大学校长司徒雷登的邀请，要回国任教了，而吴文藻却还留在美国。

早在冰心于沙穰疗养院养病之时，燕京大学校长司徒雷登就上青山来看望过冰心。他不仅鼓励冰心继续创作，而且还邀请她在毕业后，回燕京大学任教。当时，冰心就答应了司徒雷登的邀请。司徒雷登是美国人，却致力于在中国与美国的人民之间建立根深蒂固的友谊。他经常对他的学生们说，自己既是美国人，也是中国人。此次，邀请冰心回国任教，校长早早地为冰心寄来了回国的路费，让冰心尤为感动。

吴文藻记得当日在康奈尔大学的刻尤佳湖上，对冰心表白了心意后，冰心给自己的回答是：要征求父母的意见，方可确定和他的婚姻。于是，临别前竟然洋洋洒洒写论文般写了一篇六页字的《求婚书》交给冰心，让她带给冰心的父母。

《求婚书》的内容如下：

谢先生、太太：

请千万恕我用语体文来写这封求婚书，因为我深觉得语体文比文言文表情达意，特别见得真诚和明了。但是，这里所谓的真诚和明了，毕竟是有限的，因为人造的文字，往往容易将神秘的情操和理性的想象埋没掉。求婚乃求爱的终极。爱的本质是不可思议的，超于理性之外的。先贤说得好："道可道，非常道。名可名，非常名。"我们也可以说，爱是一种"常道"或是一种"常名"。换言之，爱是一种不可思议的"常道"，故不可道；爱又是超于理性之外的"常名"，故不可名。我现在要道不可道的常道，名不可名的常名，这期间的困难，不言自明。喜幸令爱与我相处有素，深知我的真心情，可以代达一切，追补我文字上的挂漏处。

令爱是一位新思想旧道德兼备的完人。她的恋爱与婚姻观，是藻所绝对表同情的。她以为恋爱犹之宗教，一般的圣洁，一般的庄严，一般的是个人的。智识阶级的爱是人格的爱：人格的爱，端赖乎理智。爱——真挚的和专一的爱——是婚姻的唯一条件。为爱而婚，即为人格而婚。为人格而婚时，即是理智。这是何等的卓识！

我常觉得一个人，要是思想很彻底，感情很浓密，意志很坚强，爱情很专一，不轻易地爱一个人，如果爱了一个人，即永久不改变，这种人的爱，可称为不朽的爱了。爱是人格不朽生命永延的源泉，亦即是自我扩充人格发展的原动力。不朽是宗教的精神。留芳遗爱，人格不朽，即是一种宗教。爱的宗教，何等圣洁！何等庄严！人世间除爱的宗教外，还有什么更崇高的宗教？

令爱除了有这样彻底的新思想外，还兼擅吾国固有的道德的特长。这种才德结合，是不世出的。这正是我起虔敬和崇拜的地方。她虽深信恋爱是个人的自由，即不肯贸然独断独行，而轻忽父母的意志。她这般深谋远虑，承欢父母，人格活跃，感化及我，藻虽德薄能鲜，求善之心，哪能不油然而生？她这般饮水思源，孝顺父母，人格的美，尽于此矣，我怎能不心诚悦服，益发加倍的敬爱！

我对于令爱这种主张，除了感情上的叹服以外，还深信她有理论上的根据。我们留学生总算是智识阶级中人，生在这个过渡时代的中国，要想图谋祖国社会的改良，首当以身作则，一举一动，合于礼仪。家庭是社会的根本，婚姻改良是家庭改良的先决问题。我现在正遇到这个切身问题，希望自己能够依照着一个健全而美满的伦理标准，以解决我的终身大事。我自然更希望这个伦理标准，能够扩大他的应用范围。令爱主张自己选择，而以最后请求父母俯允为正式解决，我认为这是最健全而圆满的改良南针，亦即是谋新旧调和最妥善的办法。这就是我向二位长者写这封求婚书的理由。

我自知德薄能鲜，原不该钟情于令爱。可是爱美是人之常情。我心眼的视线，早已被她的人格的美所吸引。我激发的心灵，早已向她的精神的美求寄托。我毕竟超脱了暗受天公驱使而不由自主的境地，壮着胆竖立求爱的意志，闯进求爱的宫门。我由敬佩而恋慕，由恋慕而挚爱，由挚爱而求婚，这期间却是满蕴着真诚。我觉得我们双方真挚的爱情，的确完全基于诚之一字上。我们的结合，是一种心理的结合。令爱的崇高而带诗意的宗教观，和我的伦理的唯心观，有共同的思想基础和共同的情感基础。我们所以于无形中受造物的支配，而双方爱情日益浓密，了解日益进深。我想我这种心态是健全的，而且稳重的。我誓愿为她努力向上，牺牲一切，而后始敢将不才的我，贡献于二位长者之前，恳乞你们的垂纳！我深知道这是个最重大的祈求；在你们方面，金言一诺，又是个最重大的责任！但是当我作这个祈求时，我也未尝不自觉前途责任的重大。我的挚爱的心理中，早已蕴藏了感恩的心理。记得当我未钟情于令爱以前，我无时不感念着父母栽培之恩，而想何以实现忠于国孝于亲的道理。自我钟情于令爱以后，我又无时不沉思默想，思天赐之厚，想令爱之恩，因而勉励自己，力求人格的完成，督察自己，永葆爱情的专一。前之显亲扬名，后之留芳遗爱，这自命的双重负担，固未尝一刻去诸怀。

　　我写到这里，忽而想起令爱常和我谈起的一件事。她告诉我：二位长者间挚爱的密度，是五十余年来如一日。这是何等的伟大！我深信人世间的富贵功名，都是痛苦的来源；只有家庭和睦，是真正的快乐。像你们那样的安居乐业，才是领略人生滋味，了解人生真义。家庭是社会的雏形，也是一切高尚思想的发育地，和纯洁情感的养成所。社会上一般人，大都以利害为结合，少有拣选的同情心。我们倘使建设一个美满愉快的家庭，绝不是单求一己的快乐而已，还要扩大我们的同情圈，做到"亲亲而仁民，仁民而爱物"的真义。我固知道在这万恶的社会里，欲立时实现我们的理想，绝不是一件容易事。可是我并不以感到和恶环境奋斗的困难，而觉得心灰意懒。我深信社会上只要有一二位仁人君子的热心毅力，世道人心，即有转移的机会和向上的可能。我质直无饰地希望令爱能够和我协力同心，在今后五十年中国时局的紧要关键上，极尽我们的绵薄。"舜何人也，予何人也，有为者亦若是！"总之，恋爱的最终目的，决不在追寻刹那间的快乐，而在善用这支生力军，谋自我的扩充，求人格的完成。婚姻的最终目的，亦决不在贪图一辈子的幸福，而在抬高生活的水平线，作立德立功立言等等垂世不朽的事业。天赋我以美满愉快的生活，我若不发奋图报，将何以对天下人?又将何以对自我?

我仿佛在上面说了许多不着边际的话，但是我的中心是恳挚的，我的脑经是清明的。我现在要说几句脚踏实地的痛心话了。我不爱令爱于她大病之前，而爱她于大病之后，未曾与她共患难，这是我认为生平最抱恨的一件事！我这时正在恳请二位长者将令爱付托于我，我在这一点上，对于二位长者，竟丝毫没有交代。我深知二位长者对于令爱一切放心，只是时时挂念着她的身体。我自从爱她以来，也完全作如是观。我总期尽人事以回天力，在她身体一方面，倘使你们赐我机会，当尽我之所能以图报于万一。

我自己心里想说的话，差不多已说完了。我现在要述我的家庭状况，以资参考。藻父母在堂，一姐已出阁，一妹在学。门第清寒，而小康之家，尚有天伦之乐。令爱和我的友谊经过情形，曾已详禀家中。家严慈对于令爱，深表爱敬，而对于藻求婚的心愿，亦完全赞许。此事之成，只待二位长者金言一诺。万一长者不肯贸然以令爱付诸陌生之人，而愿多留观察的时日，以定行止，我也自然要静待后命。不过如能早予最后的解决，于藻之前途预备上，当有莫大的激励，而学业上有事半功倍的成效。总之，我这时聚精会神的程度，是生来所未有的。我的情思里，充满了无限的恐慌。我一生的成功或失败，快乐或痛苦，都系于长者之一言。假如长者以为藻之才德，不足以仰匹令爱，我也只可听命运的支配，而供养她于自己的心宫；且竭毕生之力于学问，以永志我此生曾受之灵感。其余者不足为长者道矣。临颖惶切，不知所云。

敬肃，并祝万福!

吴文藻 谨上

一九二六年七月一日　美国剑桥

一封《求婚书》，满满三千言，严肃认真，措辞诚恳，就连我这个局外人，都为此热泪一把，怎能不获得谢葆璋夫妇的应允呢？

书中写道："令爱是一位新思想旧道德兼备的完人。我们的结合，是一种心理的结合。令爱的崇高而带诗意的宗教观，和我的伦理的唯心观，有共同的思想基础和共同的情感基础。我誓愿为她努力向上，牺牲一切，而后始敢将不才的我，贡献于二位长者之前，恳乞你们的垂纳！我深信人世间的富贵功名，都是痛苦的来源；只有家庭和睦，是真正的快乐。我不爱令爱于她大病之前，而爱她于大病之后，未曾与她共患难，这是我认为生平最抱恨的一件事！"

当谢葆璋晨起，看到冰心偷偷放在他的桌面上的这封《求婚书》时，就知道这是一位有着扎实的学识功底和真诚朴实的年轻人了。

冰心父母早就盼女归来心切，母亲的身体每况愈下，父亲也老了。他们也希望自己二十六岁的女儿早日找到一个好归宿，了却一桩心事。毕竟，那个年代，像冰心这样年龄的女子已经算是大龄女青年了。但女儿是二老的掌上明珠，婚姻大事不可怠慢。母亲杨福慈看了吴文藻的《求婚书》说："女儿的眼光，我是相信的，我尊重她的选择。"父亲稍作思考："毕竟是关系到女儿终身幸福，等她回来了再定吧！"

饭时，父亲告诉冰心，自己已经看过了那封信，他和她母亲是默然同意的。冰心立即写信，把这个可喜的消息告诉了吴文藻。

古有司马相如，一曲《凤求凰》，赢得卓文君之芳心；今有吴文藻，一封《求婚书》，求得岳父母之垂纳。想必中国的文人向来如此，舞文弄墨、慧心兰芷、情真意切，就连求爱的方式都那么温文尔雅，不可不谓成就了古今文坛的一段又一段佳话。

有情不老终成愿

／

冰心与吴文藻

归国任教精气爽

"自古多情伤离别"，宋代婉约派词人柳永为我们留下了一阕千古传唱的《雨霖铃》，想想恋人们于码头相别的画面："执手相看泪眼，竟无语凝噎。"真是道出了离别时的穿肠之痛。1929年7月，冰心带着吴文藻交予她的《求婚书》，带着些许隐藏的留恋，别了心上人，上了船。

时隔三年，冰心又一次漂洋过海，所乘的依旧是那艘约克逊总统号邮轮，但这一次的情景不同于前年了。除了吴文藻在哥伦比亚大学的同学潘光旦和冰心一起同行外，老朋友们都不在船上。十七日海上的航程里，冰心只能独自凭靠着栏杆，面对大海怀念旧日的友人。她想起一帮爱好文艺的青年共同组办《海啸》船刊，欢欣鼓舞、热情昂扬；想起第一次与木讷寡言的吴文藻见面，心中诧异、不是滋味。一想到这些，她便禁不住偷偷地笑了。

我也时常好奇于生命中为何反复出现这样的情节，明明是一样的地方，我们时不时地来过，可是走在我们身边的人却一次又一次变换了容颜。我不知道，来去匆匆的旅人，到底谁是归人，谁是过客？又或者是，同样一个人，在不同的地方总是频频偶遇，却始终不知道他的姓名，一种莫名的熟悉感袭来，恍恍惚惚地又飘走了。我们行走于人间，以为留守那深情的一瞥便可直到晚年，却发现晚年的我们只唏嘘光阴莫测，要等的人终归没有来，要走的人终归都走了，剩下的就只有和自己相伴的记忆。顿时才明了，四季轮回乃是自然规律，我只要做一个不过分矫情的女子，心安理得便好。

潘光旦也时常会和冰心一起聊天，聊中国社会、聊文学。他虽然是一位社会学家，但他和冰心一样酷爱文学，曾为新月社的成员。他有时候看到冰心一个人陷入沉思似的想象，问她是否遇到了什么有趣的事情？冰心就给他讲起了许地山、梁实秋、吴文藻他们的故事。潘光旦是江苏宝山人，既和吴文藻同是清华人，又同为哥伦比亚大学的同学，还与吴文藻同居一室。潘光旦为人"外圆内方，人皆乐与游"，不过这位活跃多才的青年却因一次体育锻炼意外受伤，终身拖了一条残疾的腿。也因此差点误了留美求学的机会，不过，凭着他出色的成绩，终于还是获得了学校的批准，出洋修学优生学。只是，令当时的他万万没有想到的是，后来，他竟落下了悲惨的命运结局。

冰心带着隐秘的相思，离别了尚在为求学而奋斗的吴文藻，这一去，他们要远别三年。一个在中国的北平，一个在美国东部的纽约，隔着太平洋，只能凭借书信来寄托思念。

我时常看到身边的人，因为异地恋而分手，可是想到冰心和吴文藻三年的异国恋，不知道那些情侣们会不会为此汗颜或是感动呢？因为异地恋分手的原因有很多，就像一段恋情为何出现矛盾那样让人无法揣度。可我认为，真正的爱恋定是可以经得起时间和距离的考验的。爱情可以跨越地域、穿越生死，却总是在两颗心间产生隔膜，不是距离拆散了美好的爱情，而是不美好的爱情输给了距离。

7月下旬的一个黄昏，邮轮渐渐驶向上海吴淞口的黄浦江码头，离岸越来越近了，冰心的心情越发兴奋了。她已经迫不及待要上岸，赶往北平的家。和亲人离别三载，冰心一直挂念着他们。不久前，父母曾写信告诉冰心，弟弟们都已经长大，大弟为涵已从唐山路矿学校毕业，准备去美国宾夕法尼亚大学进修"公路"专业；二弟为杰，正准备报考大学，等着她回去为他选择专业呢；就连最小的弟弟也上了高中。冰心心想，她的小弟弟们一定都是一个个英俊挺拔的小伙了。没等理完思绪，轮船的汽笛拉响，就像起航时候的长鸣，催促着船客们赶紧上岸。她提着大箱行李，踏着薄暮的余晖，先是在上海稍作停留，继而登车北上。上海市的夜依旧繁华，灯红酒绿，歌舞升平，街上的女子穿着短袖的旗袍，露着两条光洁的胳膊，一个个风姿绰约，仿佛风铃花轻轻摇曳在喧嚣的夜色中。让人觉得她们尚且生活在幸福的国度。

　　北京城的面貌仍旧是昔日的光景，有所不同的是，听惯了美国人的英语，忽然老北京的叫闹声、说话声传入耳朵，竟有股莫名的感动。她在美国的时候，多少次梦里看见中剪子巷那条弯弯扭扭的胡同，梦到母亲站在自家大院门口，双目凝神，焦急地期盼归来的女儿。冰心坐在马车里，一直探着头，伸长脖子向前看去。果然，她的三个弟弟们出现在她的眼帘。最先认出冰心的是他的大弟弟，后来她的小弟弟也惊喜地叫道："姐姐来了，是姐姐。"听到那一声声欢喜的呼喊，冰心顿觉嗓子里涌出难以言说的情绪。她下了车，拉着最小的弟弟，摸摸他的头，他竟不好意思地笑了。继而他说："姐姐你回来了，我新买了两只蟋蟀，你就可以陪我玩，哥哥们都太忙了，无暇理我。"看着小弟弟尚带稚气的口吻，冰心忍不住一把将他抱在怀里。三年前，她离开北平的时候，小弟弟还哭着不让她走呢！在三个弟弟的簇拥下，冰心进了门。父亲拿过冰心手中的行李说："婉儿，这一路你累了吧？"母亲从厨房里出来，端着一盘盘她最喜爱的菜肴摆在餐桌上。她忙上前去帮母亲端盘子。

　　三年不见，父母竟老了许多，冰心心里甚是过意不去。古语云："父母在，不远游。游必有方。"这是中国人的孝道观，对于男子的要求尚且如此，何况冰心是一个女子。一个女子，终究摆脱不了对家庭的依恋和为家庭所做的奉献，无论她的社会地位怎样高，她始终不忘，只有家人是她必须为之终生奋斗的事业。冰心处在大时代的变革期，女子们从旧时足不出户的闺秀变成出得厅堂的新女性。但正如吴文藻所言，冰心是一个"新思想与旧道德兼备的完人。"还记得汉乐府《木兰诗》里面的那位女将军吗？她不也是蜕下一身战袍后，对镜贴着花黄，只因为，她也是侠骨柔肠的女子。

冰心回国，不仅对于他们家是一件欢天喜地的事情，作为一名《寄小读者》的女作家，也被喜爱她的读者们牵挂。这次回国，她已经完成《寄小读者》的二十八篇通讯稿，还有一篇于这年8月底完成。北新书局将冰心的《寄小读者》整理出版，小读者们终于可以捧着完整的书本阅读了。当冰心自己拿到新出版的图书，看着那装帧精美的封面，翻着书页，闻着墨香，幸福伴随着成就感涌上心头。这可谓是中国第一部儿童文学著作，其影响力之大可想而知。在当时的文坛，冰心的《寄小读者》无不成为作家们热烈讨论的话题，许多作家还可以背出里面的篇章片段。德高望重的梁启超老先生还亲笔书写一副墨宝赠予冰心，以此来索书："世事沧桑心事定，胸中海岳梦中飞。"此两句诗也成了冰心的人生格言。

冰心和家人们只在北平的家待了短短两个月，暑期一结束，大弟为涵要出国留学，二弟和三弟都入读燕京大学，谢葆璋夫妇则迁居上海徐家汇。冰心又一次离开了父母。尽管如此，她还是十分期待9月来临。

9月的天气，秋高气爽，让人的心情也随之爽快。青年女作家冰心，从此还拥有了另一个职位，成为燕京大学国文系最年轻的女助教。二十六岁的冰心，对于当教师这件事既感到激动，又心怀忐忑。毕竟，三年前，她还只是燕京大学的学生，燕大的教师们大半都曾是冰心的老师，现在，她却要加入他们的行列，和这些前辈们一起开教授会。于是，每当例会，冰心总是挑选极边极角的位子，惶恐地缩在一旁。大家都笑着称她为Faulty Baby（教授会的婴儿）。

这位年轻的女教师因稚气未脱而在教授的队伍里显得有些胆小，不过，当她站到讲台上，面对十七八岁的学生时，坦然自若。她像对待自己的弟弟们一样对待这些学生，常常带领他们一起游湖、开讨论会，很快成了学生心目中的知心姐姐。冰心和学生们讨论的话题十分开放，比如关于婚姻的选择之类的问题，借此她还成功撮合了几对美满的夫妻，如郑林庄和关瑞梧，林耀华和饶毓苏，等等。

不仅如此，心灵聪慧的冰心，在教学方式上也别出心裁。在她的《当教师的快乐》一文中，冰心这样写道："我还开了一班习作的课，是为一年级以上的学生选修的。我要学生们练习写各种文学形式的文字，如小说、诗、书信，有时也有翻译——我发现汉文基础好的学生，译文也会更通顺——期末考试是让他们每人交一本刊物，什么种类的都行，如美术、体育等。但必须有封面图案、本刊宗旨、文章、相片等，同班同学之间可以互相组稿。也可以向班外的同学索稿或相片。学生们都觉得这很新鲜有趣，他们期末交来的'刊物'，内容和刊名都很一致，又很活泼可喜。"

为了活跃学习氛围，拓展学生们的知识面，冰心时常邀请当时的著名作家来给班上的同学讲座。其中，闽籍女作家庐隐也曾受冰心之邀，来给学生们讲解自己的小说《海滨故人》的写作。庐隐，原名黄英，和冰心一样是福建闽侯人，是五四时期涌现于北平文坛上的女作家。不过，这位才女却和冰心有着截然相反的命运。因其一生坎坷悲苦，她的作品也"总是充满了悲哀、苦闷、愤世、嫉邪，视世间事无一当意，世间人无一惬心"（苏雪林语）。是时，庐隐正在北京师大附中任教。冰心虽然和她有着不同的文学主张，却常常同情庐隐悲惨的命运，后来，这个不幸的女作家几度陷入感情的泥淖，死于难产。

自古红颜多薄命，然而，薄命的岂止红颜？也时常会听到这样的说法：凡是跟文字、思想、艺术沾边的人，其命运多半悲苦。因为文艺人士情感细腻丰富，常常"感时花溅泪，恨别鸟惊心。"非艺术，不生活。怎奈人世间本来薄凉，完美的理想很难实现。于是，就连被美国人称作"硬汉"的作家海明威，也在最后用一颗子弹结束了自己的生命。

那么，冰心，她何以笃信爱的存在？难道她不曾经历痛苦、磨难？非也。后来，她和吴文藻两个人陷入困境，可是她还是以顽强的意志站了起来，走到了生命九十九岁的巅峰，向她亲爱的小读者，向世人露出慈爱的笑容，依旧说："有了爱，就有了一切！"命运的偶然难以让人捉摸，但人要选择怎样的道路却掌握在自己手中。人到世间，难免经受磨难与考验，但"爱"让冰心把住了生命的重心，握住了命运的绳索，躲过了重重劫难。

燕京大学不仅为冰心提供展示才华的舞台，还为她提供了一个独特美丽的住所。作为女教师，她被安排住在燕南园53号楼。在燕园，最有名的当属未名湖，每日傍晚，冰心从朗润园回到燕南园，都要穿过未名湖，看着盈盈波光的湖水，心中有说不出的快乐。燕园的美，离不开司徒雷登校长的心血，他在回忆录里说："我们从一开始就决定按中国的建筑形式来建造校舍，室外设计了优美的飞檐和华丽的彩色图案，而全体结构则完全是钢筋混凝土的，并配以现代化的照明、取暖和管道设施。这样校舍本身就象征着我们办学的目的，也就是要保存中国最优秀的文化遗产。校内水塔外形是一座十三层的中国式宝塔，这也许是校园里最引人注目的特征。我们修复了旧花园的景色，此外，我们还自己种植了草木，从附近荒芜的圆明园遗址移来了奇碑异石，又在景色宜人处修建了亭阁……另一处景色是那音色清亮的古刹大钟，这铜钟现仍在校园里鸣响报时。后来，凡是来访者无不称赞燕京是世界上最美丽的校园。"

从中可以看出司徒雷登对于自己精心设计的燕园很是得意。不过，司徒雷登的得意并非虚妄。在冰心看来，燕园充分显露了中国古典建筑之美，是其他学校不可与之媲美的。美丽的校园，冰心待过几处，譬如美国的威尔斯利女子大学，绮色佳的康奈尔大学，但是能够像燕园一样将人文与建筑浑然融为一体的确实为燕园所独有。

怪不得新中国成立后，燕京大学被取消，北京大学将校址从红楼搬到了燕园，它不愧为一个读书的好地方。在这样的环境中学习，定会让人感到神清气爽吧！

隔海相思愁绵长

不知道从哪里看来这么一个句子："一个人是诗，两个人是画，携一缕相思，笺字绵长。"觉得美极，就想把它偷偷拿过来，用在此处，亦是为了弄懂相思的含义。想来，相思之美，莫过于心心相印，在遥遥对望的刹那，擦出怦然心动的喜悦。相思亦苦，有情人相隔天涯，独守着晓风残月，泪珠儿滴到天明，凄凄切切。相思可甜，念过往点点滴滴，心中会涌起满满温暖，将哀愁碾成缠绵。相思有时，"两情若是久长时，又岂在朝朝暮暮。"（秦观《鹊桥仙》）相思无期，"平生不会相思，才会相思，便害相思。"（徐再思《折桂令》）问世间，情为何物，直叫人相思绵绵。且不论相思或苦或甜，或长或短，或哭或笑，走入红尘，播下情种，种下相思，如服下罂粟，亦真亦幻，慢慢上瘾，难逃相思。

试想，枕畔的湖水微微荡漾，寂寞的房间空无一人，每当夜晚降临，一个独卧燕园的女子，掬一把清冷的月光入怀，口念着梦中人儿的名字，任相思的花儿自心底肆意绽放。冰心，她就是如此度过了一个又一个漫长的夜晚，等待吴文藻的归来，整整三年。这三年，他们不能见彼此一面，不能听到对方温柔的话语，只有小小的一张黑白照片，依稀勾勒出心中的人影。然而，越是寂静的等待，越是在灵魂深处慢慢燎原；越是思念，越是让他的影子在心底渐渐模糊，古人云："一日不见，思之如狂。"三年不见，何其煎熬。只是，那个梦还在心间轻盈缱绻，她就愿意小心地编织爱的花环，望着期待，守着誓言，不相忘，自难忘。

同样的夜，吴文藻坐在哥伦比亚大学宿舍的书桌前，大洋彼岸的月洒下融融的清辉，像雪化成水漫过窗前，浸染了他寒冷的衣襟。他合上大叠的社会学稿，抽出一张洁白的信纸，用一支幸福牌的钢笔，蘸着浅蓝色的墨水，写下一行行对女友的思念。"冰心"，他抬头看着桌上的那幅小小镜框里的相片，默默地想，那个叫他一见钟情的女子，那个让他心驰神往的女子，那个让他为之许下海誓山盟的女子，"她现在是否入睡了呢？"为她写信的夜晚，他总觉得太短暂，纵使手中的笔已无法揉出华丽的词句，却总是在朴实的句子后加一个优美的感叹。夜未央，情意重，若能秉烛游，还想为恋人多写些悄悄话。

白天的吴文藻步履匆匆，手里夹着几本厚厚的书，口袋里藏着冰心的照片，若有空时，他便独坐在校园的一角，取出她的照片，微微发笑。冰心亦是如此，除去上课、受邀做讲座等活动，就给吴文藻写信。一有空她就打开信箱，去看吴文藻的信有没有来，几乎每天，冰心都会收到吴文藻的来信。一收到来信，她便匆匆打开，一口气将之读完，吴文藻在信的开头总是急切地问冰心的情况可好？教书是否顺利？身体是否安好？接着就如实交代自己的生活情况，今天上了哪些课，读了哪些书，遇到哪些问题。冰心看完，就一一回答吴文藻的问题，把自己的情况交代得十分详细。

在燕京大学任教的头三年里，冰心把全部心思都花在了教学上，要说她的创作，大概就是给吴文藻写的信了。这些信件不曾公之于世，但我想，凭借这个女子斐然的才情和隽秀的文采，这些信件合起来应该可以整理成一部难得的爱情文学了。一定不逊色于徐志摩写给陆小曼的《爱眉小札》之类的作品。1938年，冰心和吴文藻南下昆明，他们将这些珍贵的信件藏于燕园，可惜太平洋战争爆发后，都在日本人的炮火下毁于一旦。

20世纪20年代末，中国社会动荡不安，血与火的残酷现实刺痛了像冰心这样的爱国知识分子的内心。冰心和吴文藻这样一对作为高层知识分子的恋人，在相隔天涯的恋爱中，不仅忍受着相思之苦，而且对祖国的命运忧心忡忡。他们不是一对普通的恋人，他们是一对生活在大时代背景下的恋人，注定他们的爱情也不止像普通男女那样局限在个人的小小悲欢之中。"爱情"和"革命"相结合，个人命运与祖国命运联系在了一起。这使得冰心的创作风格也一改之前对爱和纯美的歌颂，字里行间充满了斗志昂扬的激情和沉郁顿挫的悲愤。

美丽的燕园，未名湖的湖水清澈地闪着波光，湖畔的垂柳上鸟儿鸣唱。它和燕园高墙外的世界仿佛天壤之别，是一片叫人羡慕的净土。然而，有一天，外面的风雨已经刮到了燕园的墙内，听到燕京大学学生魏士毅在"三·一八"惨案中遇害的消息，冰心的心再无法平静。鲁迅先生说："文学是匕首，是投枪。"军人打仗靠的是实实在在的武器，而文人则以手中的笔来拯救人们的灵魂，鼓舞民族战斗的勇气，刺穿敌人的心脏。这样谈论文学的精神力量固然没有错。但是，文人终究只是文人，中国五千年的古国文明史，你看多少文人因为文字遭到政治风云的影响，翻开历史，我看到了文人们的伤。也有人说，最动乱的年代是文艺最兴盛的时期，比如春秋时期的百家争鸣、魏晋南北朝佛道思想的活跃以及玄学的产生，但它们却都是文人们发自肺腑的悲音，是透彻寒骨的凄凉，还是《毛诗序》里说得好："乱世之音哀与怨。"文人只是行将于残酷历史下的一只只美丽的飞蝶，飞时的美丽惊扰了世人，却又在黑暗中饮鸩而死。年轻的诗人顾城天真地唱道："黑夜给了我一双黑色的眼睛，而我却用它寻找光明。"

冰心，一个柔弱的女诗人，一个春水般的女子，有一支会战斗的笔，一颗会呐喊的心，她小小的身躯，在爱与怒的交织中写下了这样一首诗：

这回我要你听母亲的声音，

我不用我自己的柔情——

看她颤巍巍的挣扎上泰山之巅!

一阵一阵的

突起的浓烟,

遮蔽了她的无主苍白的脸!

她颤抖,

她涕泪涟涟。

她仓皇拄杖,

……

她哀唤着海外的儿女:

只为的是强邻欲壑难填。

只怕的是我海外的儿们

将来——

还不如那翩翩的归燕,

能投到你宗祖的堂前!

归来吧,儿啊!

先把娘的千冤万屈,仔细地告诉了你的友朋。

你再照聚你的弟兄们,

尖锐的箭,

安上了弦!

束上腰带,

跨上鞍鞯!

用着齐整激昂的飞步,

来奔向这高举的烽烟!

归来吧,儿啊!

你娘横竖是活不了几多年。

拼死也要守住我儿女的园田!

儿啊,你到来时节,门墙纸内:

血潮正涌，

血花正妍！

你先杀散了那叫嚣的暴客，再收你娘的尸骨在堂楼边！

……

我不用我自己的柔情，

我爱，归来吧，我爱！

我要你听母亲的哀音！

——冰心《我爱，归来吧，我爱》

虽然诗中是以一位祖国母亲的口吻来呼唤大洋彼岸的游子，却表达了冰心自己的惶惑与对心上人归来的期盼之情。她把这首诗寄给了吴文藻，希望他早日回国，给水深火热的中国带来一份绵薄之力。

20世纪20年代的美国，在经历了"柯立芝繁荣"之后，经济开始萧条，社会陷入了恐慌。然而，和中国社会相比，深处美国的吴文藻待在哥伦比亚大学里，只要专心研究社会学就可以。他不必参与到美国社会的经济斗争中去，而是沉浸在学术研究的漩涡里，旁听了人类学，立志于通才的学习，从拿到硕士学位到撰写博士论文之间，只用了一年时间。因为，他的目的是十分明确的，那就是早日学成归国，报效祖国，和心上人团聚。

当吴文藻收到冰心的这封充满悲愤之情的诗作时，吴文藻热血沸腾，他的全部知识都化作对冰心的回应，决定将他的博士毕业论文定为《见于英国舆论与行动中的中国鸦片问题》，论文在导师张伯伦教授的指导下完成。吴文藻的这篇论文深刻地阐述了中国社会问题产生的历史根源，对研究鸦片战争史和鸦片战争以来的中国问题，时至今日仍有极重要的参考价值，甚至在对鸦片战争史的研究方面，尚无人超出他的研究成果。

1928年年底，吴文藻的一切毕业手续和论文都完毕，他还取得了哥伦比亚大学近十年最优秀的外国留学生奖。圣诞节将至，吴文藻在美国人的一片赞美诗中，收拾行囊，登上约克逊总统号邮轮，回国了！

他在内心激动地喊着："我爱，归来吧，我爱！"

司徒雷登主婚礼

透过面纱，我有笑声一般的魅力，

像姑娘在大海苍白的夜间有着叮当作响的欢畅；

我心中的温暖，如同海洋，沿着迟来的爱情之路，

曙光洒下无数片片闪耀的罂粟花瓣。

——劳伦斯《迟来的爱情》

西方有这么一个传说：两个真心相爱的人是一个苹果。上帝把一个苹果分成两半，让这两个一半的苹果在未来的日子里各自寻找另一半。中国也有这样的说法：一把钥匙开一把锁，一个萝卜种一个坑。人们相信缘分是上天注定的，这个世界上一定有和你匹配的另一半存在。只是人海茫茫，你很难知道自己的另一半在哪里？于是，能否找到最适合的另一半，得看运气。有的人的爱情来得很早，没有任何悬念便可以顺理成章地相爱；有的人，却过尽千帆皆不是，要等很久很久，才可以找到属于自己的归宿。不是我们太挑剔，而是我们不愿意将就，更不愿凑合着过自己的一

生。我们固执地坚信，最好的爱情一定会来，最温暖的人会在路口等待，所以不甘心就此妥协，放弃寻找真爱的机会。相信上天早就为我们的缘分作下了安排，我们只要准备着，迎接它的到来，不焦躁、不气馁，做一个从容优雅的人。

冰心初次遇到吴文藻是二十三岁，吴文藻二十二岁。但当他们携手走进婚姻的殿堂，却已经一个二十九岁，一个二十八岁。年纪已经不小，让他们的思想更加成熟，经过六年马拉松式的爱情长跑，使得彼此越发笃信对方正是自己千辛万苦要找的那个人。时间没有将他们吹散，属于自己的东西一直都在那里。

登上了约克逊总统号邮轮的吴文藻归心似箭，觉得此次航程要比六年前来美国漫长得多。上船之前，他就给冰心写了信，告诉她在美国的学业已经全部顺利完成，大概半个月左右就可以回到北京，与之见面了。这么一说，倒觉得三年的光阴不算白熬，欣欣然终于有了归期。然而，在海上航行的日子却一天比一天长。

半个月前，当冰心收到吴文藻的来信，看到信中说他即日启程归国，她开心得睡不着，对着镜子照了照脸，生怕三年时光把自己变老了呢！到时候做他的新娘会不会不漂亮？那几日，冰心每次来到教室上课，脸上都露着胭脂般的红晕，喜悦溢于言表。同学们都说，冰心老师越来越漂亮了。那几日，尚有春寒，冰心却觉得校园里吹来的每一阵风都是暖的，太阳的每一缕光都在朝她微笑。

1929年2月24日，冰心接到吴文藻的电报，说他已经到了北京车站，她便匆匆赶去车站接他。她感到既忐忑又兴奋，好像是第一次见吴文藻一样，出门前特意选了一套合适的衣服。车站里人山人海，冰心搜寻人群中的吴文藻，就像当初在波士顿的演出现场，焦急地等待吴文藻的出现。没等一会儿，她便从拥挤的人群中看到她的文藻脱下头上的帽子拿在手里正向自己招手。两人一见面，没有说头一句话，便互相笑了。吴文藻看上去比三年前老成了许多，依旧是笔挺的西装，玳瑁眼镜；冰心则精心绾了一个发髻，修身的旗袍外披着一件风衣。两个人先是呆呆地立着，好像还没有从重逢的惊喜中缓过神来。空气中还结着细小的冰凌，在阳光的照射下闪着微光，远处的汽车喇叭声此起彼伏，冰心竟忍不住眼圈红红的。吴文藻手里提着箱子，另一个手搂过冰心的肩膀，安慰道："我回来了，开心吧？"冰心不好意思地低下了头，说："咱们赶紧回去吧？司徒雷登校长已经给你安排了住处，先住在那儿。"

是夜，冰心坐在窗前看书，吴文藻从身后突然冒出来，拿出一个精致的小盒子，让冰心打开看看。冰心猜到那一定是十分重要的礼物，当她打开盒子，果然看到一枚亮闪闪的戒指嵌在其中。按照西方的礼仪，吴文藻要给心爱的未婚妻戴上这枚戒指，作为订婚的礼物。冰心自然是内心欢喜，不过，她说必须得到父母最后的同意，才能把戒指戴上。

男大当婚，女大当嫁。冰心和吴文藻已经苦苦相盼三年，结婚的事情自然是在情理之中。不日，他们便一同南下上海，拜访谢家父母，商榷婚姻大事。谢葆璋夫妇看到这位未来的女婿跟自己女儿描述的一模一样，他们热情地接待了吴文藻。作过一番详细的交谈后，他们发现吴文藻亲切随和，才识过人，和女儿十分匹配，很是满意。不过，当时的包办婚姻十分盛行，谢家父母担心优秀的吴文藻会不会早就在乡下有过婚姻？上海离江阴很近，他们便派人打听，确认无此事后，才答应了女儿的婚事。订婚仪式在上海举行，由表哥刘放园一手操办，冰心幸福地戴上了吴文藻送给她的那枚象征着爱情成熟的戒指。

冰心和吴文藻正式的婚礼定在6月15日，在这之前，冰心还参加了另一个婚礼。那便是许地山的婚礼。许地山，这个也曾爱慕过冰心的男子，终于找到了他的另一半"苹果"，冰心由衷为他感到幸福。这是他的第二次婚姻，年少时候的他曾经与一位林氏女子结为夫妻，怎奈人生本来多有不幸，林氏女子患病早逝，只留下一岁多的小女儿与许地山相依为命。当许地山遇到冰心，看到她如花般的笑靥，才逐渐从丧妻之痛的阴影中走出来，重新感受到了人间的温暖与多情。然而，不是每一颗心都可以心心相印，当我看到人群中你如星光般一闪时，也许你看到的只是人头攒动中一张张普通的面孔。可是，古诗云："山重水复疑无路，柳暗花明又一村。"1928年，经人介绍，他认识了刚毕业于北京师范大学数学系的周俟松女士，并且两人很快产生了"三生有缘"的感觉，双双坠入情网。次年5月1日，许地山与周俟松的婚礼在燕园朗润园举行，贺词以中英文分别进行，冰心致中文的贺词。

半个世纪后，冰心说："这也算是我对他那次'阴差阳错'的酬谢吧！"在吴文藻和许地山之间，冰心毫不犹豫地选择了吴文藻，那是她心之所向。尽管许地山曾经以师长般的爱给过冰心许多感动，甚至在冰心即将毕业于威尔斯利女子大学的时候，许地山还从英国寄来信件，为冰心申请好了在牛津大学继续深造的奖学金，然而，冰心选择了回国任教，拒绝了许地山的好意。如果，那时候的冰心深受感动，渴望入牛津大学学习，那么，所有的故事会不会被重新书写呢？许地山对待冰心，可谓尽心尽力，面对冰心一次次有意地回避和委婉的拒绝后，他的热情也应该像被泼了一场又一场的冷雨渐渐地冷却了。只是，聪明的冰心从不开口提任何一个字，关于她和许地山之间的那份特殊的感情。

冰心对许地山的态度如此淡漠，不是她的心冷若冰霜，而是因为，她明白既然两个不会走在一起的人，就应该保持适当的距离。她的心思那么敏锐，怎能不体察许地山那颗摇摇欲坠的心？许多感情注定被冰雪封藏，她只字不语，亦是保持对爱的尊重。感情的事情，何必说给别人听呢？如鱼饮水，冷暖自知罢了。

冰心和吴文藻的婚礼也是在燕园举行，和许地山他们不同的是，她的婚礼设在临湖轩。临湖轩面朝碧波荡漾的未名湖，是燕园最美丽的地方，为冰心和吴文藻主持婚礼的是司徒雷登校长。冰心和吴文藻都十分感谢校长能够亲自为他们主持婚礼，而且把燕园中最好的场地贡献出来，不仅如此，他还为他们兴建了一座二层楼的小洋房，作为婚后的住宅。可见这位洋校长对冰心和吴文藻这对青年知识分子十分厚爱。

6月15日2时，冰心着一身洁白的婚纱，头戴着花冠，挽着吴文藻的手走向临湖轩大门，吴文藻一身笔挺的西装，系一条斜纹领带，可谓天生一对。司徒雷登校长则身披一袭黑袍，履行了牧师的义务，为两位新人送上祝福。婚礼十分简单，待客的蛋糕、咖啡和茶点，总共才花了三十四元。

之后，冰心和吴文藻乘着司徒雷登的专车，到了西山大觉寺，度过他们的初婚之夜。大觉寺里的洞房，只有他们当时从学校带去的两张帆布床，还有放在窗边的一张桌子。冰心说，那桌子碰一碰就摇摇晃晃的，原来只有三条腿！吴文藻也笑了。

大觉寺虽然简陋，环境却十分清幽。这里的夜，让人感到格外放松。寺里花草丛生，外面有小鸟歌唱，还有萤火虫忽闪忽闪地飞舞。是比任何一处大酒店的新房都浪漫的。冰心喜欢自然，在大觉寺度过她和吴文藻美妙的新婚之夜，将会成为他们永不褪色的记忆。

冰心和吴文藻新婚宴尔，自然不会在意那些繁文缛节，极简单的婚礼也让他们彼此感到幸福。然而，当他们回沪消暑，母亲杨福慈听说这事之后，心疼起来，责怪冰心的父亲谢葆璋给女儿"陪嫁不足"。谢葆璋笑着说，自己官小，没有攒钱的本领，不能给女儿满箱的金银财宝，却给了她一肚子的书本。冰心对吴文藻说，父亲给的书本可是胜过"金山银山"呀！吴文藻表示赞同。

在沪度过几日，夫妻俩便去了江阴，那个吴文藻离开了十几年的故乡啊！

从上海到夏港，先是走至江阴城的陆路，然后，乘一只小船，沿着河流，拐过了一道又一道的河湾，才到了夏港镇的河岸。坐在舟中的冰心，感受着小舟轻橹摇晃，看着两岸的桑田里庄稼密密匝匝地生长，时不时有荷锄的农人，着一身粗布蓝衣在地里面穿梭。让她想起了一些遥远的事情，祖父曾经告诉她，她真正的故乡是福建闽侯，那里的人世世代代以农耕为业，勤劳朴实。现在，她成了夏港吴门的媳妇，不仅没有一丝"下嫁"的意味，反而觉得跟着心爱的人儿回家了，吴文藻的家也是冰心的家。

在我看来，人是离不开土地的，就像植物离不开泥土一样。不管你出生在城市，成长在城市，在城市里待了太久太久，你一定会在梦里渴望接触一下土地，用皮肤感受它四季的温暖与冰凉，那块扎根着你的祖先的土地，保存着你的命脉，你不能忘记它。

小船一靠岸，夏港的人就出来迎接这一对年轻人。因为吴文藻是吴家的长子，而且又在喝饱了洋墨水后带回来这么一个千金小姐，可谓脸上添光。按照夏港的习俗，吴家宴请了亲朋好友、四方邻居，杀鸡宰羊，鞭炮齐鸣，婚礼举办得十分隆重。直到现在，人们提起夏港，夏港人还会骄傲地说一句："冰心是我们这儿的媳妇！"

夏港人以冰心为豪，不仅因为她出身官家，既有才又出名，还因为她真心地爱着吴文藻，爱着夏港，她把夏港当成了自己的家，是她和吴文藻共同的灵魂之乡。有一个成语叫作"爱屋及乌"，大概是因为冰心对于吴文藻的爱太深情，所以连并和他相关的一切事物都热爱了。住在夏港的那些天，毕竟从未在乡下待过的冰心，会有些生活上的不习惯。但是冰心处处体贴人情，尽量将就。让吴家人打心底里夸赞冰心是个知书达理的好媳妇。

她时常陪伴吴文藻坐在门前的那棵桂花树下，7月份的桂花尚未开放，桂花的叶子却总是飘着清甜的香味。吴文藻家的桂花树让冰心想到自己家住在北京中剪子巷时，巷子后面的那棵巨大的老槐树，那香气一样是醉人的。他们彼此说着小时候的故事，轻轻地依偎在一起，伴着桂花叶的香气，看着头顶的蓝天飘过一朵朵白云，陶醉着，怀念着……

只羡燕园双双影

　　在江阴小住几日后，冰心和吴文藻告别了父母，乘着一叶小舟离开了夏港小镇，也带走了吴家门前那棵桂树的香气以及树荫里那阵甜蜜的时光。小舟荡开河中的微波，夏港吴家的那几座白墙黑瓦的平房也在渐渐远去。吴文藻的心中自然是有些不舍。

　　离别近十年，家乡还是以前的模样，只是坐在桂花树下的他已经不是当年那个赤脚奔跑的小儿。夏港的树在、花在，可是小脚的祖母是时已经化作杳无音讯的风飘走了，这个小镇上，花开花落，朝朝夕夕都在诉说着岁月的故事。他不像十年前，因为梦想踏出家门后，欣然地忘记了回首。现如今，梦想已经实现，他却有点留恋家乡了。坐在小船上，他握着冰心的手，频频扭头朝家门口望去，直到双亲的人影消失在视线。

　　吴文藻明白，人有时候是不得不割舍一些东西的，从少时跨出家门的那一刻起，他注定成了漂泊于世的游子。每一个远行的人，内心何尝不带着乡愁的悲哀？然而，因为看过了更远的山，走过了更长的路，所以脚步就无法停下来。他只能和故乡作深情的告别，那是一个回不去也忘不掉的地方，他将永远把它写在心里。或许，等有一天，叶落归根，人们会从他的族谱上、墓碑上，看到那么几个字：江阴夏港吴文藻。他便算是聊以欣慰地重归了故乡。

离开夏港，尚在7月中，趁着暑期的空闲，冰心和吴文藻打算南下杭州西湖度蜜月。人们常说："上有天堂，下有苏杭。"杭州的西湖有着西子般的美，冰心真想去看一看。这个爱水的女子，原本打算和吴文藻在西湖边好好地享受一番蜜月之乐。然而，夏天的西湖又闷又热，住在那里就像蒸桑拿。很快打消了他们在西湖游玩的兴致，只待了一两天就匆匆离开了。恰逢冰心的表哥刘放园一家正在莫干山度假，他邀请冰心和吴文藻和他们一同在莫干山避暑。于是，他们便在莫干山游玩了几日。莫干山里倒是清凉，青山绿水，鸟语花香，本可以在山上多逗留几天。但是吴文藻还惦记着秋后的教学，冰心也惦念着燕园新居的布置，没等暑假结束，就赶往北京了，算是结束了他们的蜜月。

此时，燕南园60号已经竣工，冰心和吴文藻将在这里开始他们婚后的时光。这座二层楼的小洋房，经过心灵手巧的女主人精心布置后是这样的场景："壁炉里燃着松枝，熊熊的喜悦的火焰，映照得客厅里细致的椅桌，发出乌油的严静的光亮；厅角的高桌上，放着一盏浅蓝带穗的罩灯；在这含晕的火光和灯光下，屋里的一切陈设，地毯，窗帘，书柜，壁画，炉香……无一件不妥帖，无一件不温甜。"女主人对自己的布置颇为满意，第一次宴请宾客时，"掩不住的微笑浮现在薄施脂粉的脸上""用银铃般清朗的声音，在客人中间，周旋，谈笑。"当男主人归来，看到"书已整上了书架，地毯铺上了，双层窗帘安上了，桌椅摆开了，花瓶中插上了鲜花，丰盛的饭菜也已摆在了客厅的桌上"，既惊喜又感动，心疼妻子一番收拾的辛劳，给予她安慰的拥抱。

初婚不久的冰心已经显露出了主妇料理家务的才能，我相信任何一个男子看到这样的场面都会深深沦陷的。有哪一个男子不渴望拥有这样的女子作为自己的妻子呢？温柔体贴，热情大方。有哪一个男子不渴望在外忙忙碌碌一天之后，回到家卸下所有的包袱和疲惫，安静地享受家的温馨时光呢？冰心就是这样的女子，她聪慧懂事，爽朗利索，总是给吴文藻带来意想不到的温柔。男人惯常称这种女子为"贤内助"。

张爱玲说，世间有两种女子，一种是像红玫瑰，一种是像白玫瑰。男人的一生不只单独爱一种女子，他们既爱红玫瑰又爱白玫瑰。所以，通常是，娶了红玫瑰就想念着白玫瑰，红玫瑰成了他衣服上的一滴蚊子血，白玫瑰则成了头顶上的白月光；相反，如若娶了白玫瑰，那么她就成了他口角的一颗饭粒子，另一个则成了他心头的朱砂痣。这话或许是讲，人的欲望难以满足，得不到的总是最好的。如果引用这个比喻，那么，冰心大概属于白玫瑰一类的女子。她的举止永远是那么优雅，她的笑容永远是那么清淡，可以让她所爱的男子为其守候一生。她像头顶的白月光，却不会是一颗平淡无味的饭粒子。在感情中，她拿捏得当，不会让自己因为失意而爱得一败涂地，亦不会因为得意而忘记了珍惜。在婚姻里，她相信相互的理解和支持，是战胜一切困难的武器。这样的她，注定拥有一份完美的婚姻，值得人疼爱的。

开学后，冰心和吴文藻都在燕京大学任教，冰心忙于写作和备课，吴文藻则勤于翻译和研究。两人各自忙碌，偶尔也煮茗清谈，情韵深长。屋外有一座花园，里面种植了冰心最爱的花朵，白色的玫瑰花从春天一直开到秋天，使得整座小洋房里也飘满了玫瑰花香。冰心和吴文藻有时候也坐在屋外，享受着未名湖中吹来的微风，讲讲生活中的趣事，倒也闲适。常有朋友来家里串门，临走时，冰心会从园中剪下一两枝开花的玫瑰赠予他们。正所谓"赠人玫瑰，手留余香吧。"

女主人对于家的设计完全是出于自己的理想，她从小就感受家的温暖，认为人生不管经历多少风浪，可总得有一处来安放自己的灵魂，那便是家。这个家不用华美的家具、不用奴仆侍奉，不用琼楼玉宇，只要和所爱的人待在一起，柴米油盐，抚育子女，平平淡淡地过完一生便好。她的理想从来素朴，尽管时代已经将她推到了浪前，她不得不做一个摇旗呐喊的知识分子。但是，家永远是她的港湾。吴文藻何尝不是这样想的呢？娶了如此贤惠能干的冰心，他一定是心里偷偷乐的吧？

吴文藻在燕大教授三门课程，分别是：《西洋思想社会史》《家族社会学》《人类学》。刚刚走上讲坛的吴文藻，踌躇满志，想到终于可以把这些年来所学的知识应用于教学实践，真是振奋人心。然而，国内师资力量有限，以往教这几门课程的老师都是外国人，所以上课时，也是用英文讲课。吴文藻一反常态，用他那口吴越口音的普通话给学生们上课，这让听课的学生大为吃惊，也对这个新来的留洋博士留下了深刻的印象。

吴文藻之所以用中文讲课，是因为他认为用洋文讲课使得"民族学和社会学在知识文化市场上，仍不脱为一种变相的舶来物。"他还提议将教材改造，编制一套汉语教材，教材的内容和材料应当切合中国的国情。唯有如此，中国式的社会学才可以"扎根于中国的土壤之上。"

吴文藻的主张引起了学生们强烈的反响，大家都对吴老师的课表示极大的兴奋。每每听这位西装笔挺的年轻博士在讲台上慷慨激昂的讲课，学生们都聚精会神，眼睛里流露着改造社会的渴望。桃李三千，吴文藻也许没有想到，讲台下的学生中将会出现一个帮助他实现通过掌握社会学学科达到改造社会之目的青年学子。他便是中国最著名的社会学家——费孝通。费孝通是江苏吴江人，少时考入东吴大学医预科，有志于医学，后转入燕京大学投入吴文藻门下，改学社会学，决定"不去学医为一个一个人治病，而要学社会科学去治疗社会的疾病。"

因为有了理想就有了动力，费孝通孜孜于社会学的研究，成为中国社会学上难得的人才。而这个赫赫有名的社会学家，真是在吴文藻的指引下，走向了学术道路的巅峰。

吴文藻常跟冰心提起自己的这个理想远大、聪明好学的学生。冰心作为师母，也经常邀请费孝通来家里坐坐，他和丈夫吴文藻总是待在书房里面讨论社会学，有时候还会进行激烈的论争。冰心便泡了茶水，推门入内，微笑着让两位解渴，接着又出门去了。

虽然，冰心从不过问吴文藻在社会学上的研究，大概觉得隔行如隔山吧。但是这对年轻的夫妻，却是志同道合的。吴文藻希望通过社会学来改造旧中国，冰心则以文学的形式在小读者中洒下爱的种子。吴文藻是男子，他改造社会的方式是男性化的，尽管作为一名知识分子，他不是用武力来推翻旧社会，但是他的社会学却从根本上剔除成人社会之弊病；冰心是女子，她用女性独有的温柔来拯救儿童世界，儿童是祖国的花朵，少年是国家的未来。这，亦是对社会学的一种贡献吧！

慈母病逝苦伶仃

"母亲，除了你，谁是我灵魂永久之归宿？"

——冰心

　　继上次回沪探亲，已将近半年的时间。冰心和吴文藻在燕园里度过婚后甜蜜的日子，也时常想起自己在上海的父母。

　　母亲杨福慈一直体弱多病，近年的身体越来越差。二老在沪上居住，身边无一子女，冰心和两个弟弟都在北京，大弟弟则远在海外。家中寂寞，可想而知。然而，母亲偏偏十分开明，虽然自己病重，仍不肯耽误了孩子们的事业。当冰心不舍于离开母亲，为她消瘦而苍白的母亲担心的时候，母亲却总是让女儿不要为自己太过牵挂，尽管做自己的事情去。

　　从冰心家的合照来看，母亲杨福慈看上去似乎比实际年龄要苍老许多。那是一个全身上下都很瘦削的女人，脸色也不红润，端坐在一张椅子里，让人无法读出任何语言。我没有见过杨福慈年轻时候的照片，不知道，十九岁那年她嫁给冰心的父亲谢葆璋时，是怎样娇艳。我只能从她唯一的女儿冰心的照片上隐约猜出她的几分当年的风采。而她曾年轻的风采犹如一朵开败的花朵，将之全部分给了她的四个孩子，自己却极早地凋敝了。她甘心为自己的孩子倾尽所有，包括她的精神、她的物质，却还是嫌自己给孩子们留下得太少。因为家里积蓄有限，冰心没能得到太多的嫁妆。母亲常常念及此事，默默垂泪，觉得委屈了自己的女儿。

1929年12月14日中午，冰心和吴文藻双双从城里回来，在家里客厅的桌上，看到从上海发来的一封电报，那是谢葆璋老先生用极为严谨的措辞给冰心发来的一行字："……母亲云，如决回，提早更好。"冰心看到这封电报，料知情况不好，母亲的病已经到了危险关头。她又悔又痛，恨自己早该想到母亲的病一直不曾好转，她早就病痛缠身，大半个身子僵硬疼痛，这日子是怎样痛苦难捱，如果自己在母亲身边，哪怕不能减轻母亲的病痛，但至少也可以多给母亲一些安慰。现如今，"即使是猪圈、狗窦"只要能把她渡过海去，她也要蜷伏几宵，赶到母亲的身边去。

夜晚，躺在床上的冰心"全身战栗，如冒严寒"，生怕自己慈爱、伟大的母亲从此离她而去。温柔体贴的吴文藻抱着冰心冰凉的身体，细声安慰道："这无非是母亲想你，要你早些回去，决不会是怎样的。"

12月18日，学校还没有放寒假，冰心清理完在学校的事务就匆匆忙忙收拾行李，急急地出发。吴文藻先将她送到天津，一直陪妻子等待开船的日子。待在旅馆里的冰心，由于内心焦虑，慢性肠炎的老毛病又发作了，上吐下泻，神志模糊。直到船启程的那天，冰心的身体还是没有恢复，但她依旧坚持要走。吴文藻心疼病中的妻子，喉咙里哽咽难言，无奈只能让她一个人回上海。

轮船先是进入塘沽海域，再到渤海、黄海。冬天的塘沽海域，布满了碎裂的冰块，白色阳光的斑点在眼前晃动，空气里、海面上都漂浮着一层寒气。而到了渤海、黄海之后，滔滔怒浪汹涌袭来，冰心躺在舟中的铺上，听着周遭杂碎的人语，闭着眼睛休息。经过了几天几夜的海上漂泊后，船终于驶入了上海的吴淞口，到了22日晚上6点，才在黄浦江码头靠了岸。由于肠胃不适，精神疲惫，冰心在船上的这几天都不饮不食。上岸之后，她直奔家中，拖着自己虚弱的身体，跪在了母亲的床前。母亲躺在床上，骨瘦如柴，已经无多少血色，冰心顿时心痛如刀割，昏厥过去。

而这位意志坚强的母亲，在见到女儿后，强忍着病痛的折磨，没有声嘶力竭的哭喊，不想从女儿那里得到什么安慰，反而用极为平静的语气说："可怜的，她在船上兴许早就提心吊胆地想到自己已经是个没有娘的孩子！"

当冰心坐在母亲的床前服侍的时候，母亲总是用慈爱的眼睛看着冰心，像看一个自己放心不下的小孩子，时刻担心着女儿的温饱，叮嘱她："你的衣服太单薄了，不如穿上我的黑骆驼绒袍子，省得冻着！"冰心听了，眼泪便要从眼眶中滚落下来，扭过头忙擦拭自己红肿的双眼，怕母亲见了伤心。

母亲说话向来是温柔的，从没有骂过冰心，即使小时候做错了事情，母亲也只是嗔怪几句。冰心觉得世界上如果有一种最好听的声音的话，那么就是从她母亲口中吐出的每一个字。幼时，母亲就是用那样轻柔的语气教冰心认字片，给冰心讲故事。现在，母亲使尽全身力气，微弱的语气仿佛随时都要在空气中飘走了，怎能不让人心酸？

得知母亲病重，弟弟们也都回家了，姐弟几个轮流照看母亲。母亲总是露出微笑的脸，不愿意让孩子们看到自己痛苦的表情，她说："人家说，'久病床前无孝子'，我这次病了五个月，你们真是心力交瘁！我对于我的女儿、儿子、媳妇，没有一毫的不满意。我只求我快快地好了，再享你们两年的福……"大家都知道母亲时日不多了，他们唯一能做的就是尽心尽力地陪着母亲，在她有限的时间里给她更多的宽慰。

这一年的冬天，谢家因为杨福慈病重，都过着忧心忡忡的生活。尤其是除夕那天，家家忙着过年，到处喜气洋洋，然而，谢家却充满了凝重的气氛。杨福慈的病愈发重了，她觉得自己情况十分不好，着急地催促女儿为自己找大夫看病。当冰心为母亲请来上海最有名的医生时，他看过杨福慈的病症，低声地告诉冰心："没有希望了，现在只图她平静地度过最后几天吧！"

元旦后三天是父亲谢葆璋的生日，四十年前，也正是在这一天，冰心的母亲和父亲结婚了。所以，父亲打算在他的妻子临终之前办一次和她的结婚四十周年纪念日。冰心和弟弟们纷纷表示赞同，母亲也笑了。

晚上，红灯点起，大家在母亲的床前摆了一张小圆桌，上面摆了小盘子，装着点心、果品、熏鱼、烧鸭之类，他们将父亲推到母亲身边坐着，口中喊着："新郎官来喽！"父母都不好意思地笑了。母亲只尝了一点菜，便让冰心他们回前屋去痛快地吃，她要休息了。父亲留下来，陪在他的妻子身边，倚着她的枕头，看着妻子闭着疲倦的眼睛，像是朦朦胧胧睡着了，自己的眼里却淌满了泪水。四十年的老夫妻了，真是往事不堪回首。他还记得四十年前，洞房花烛夜，他依了父母之命，把她娶进了门。红盖头一打开，她脸上娇羞一笑。岁月催人老，如今竟然到了诀别的时刻！一想到从此将只留自己一个老头子孤单单地在这世上，谢葆璋有多么心痛。

这次聚会之后，杨福慈的病情急转直下。两天后的夜里，冰心听到母亲和父亲激烈的争执，母亲对父亲喊着："你行行好吧，把安眠药递给我，我实在不愿意再拖延了！"冰心马上赶到母亲的房间，她看到母亲辗转呻吟，面红气粗，那时候的母亲已经痛苦到了极点。母亲时常痛得厉害，就偷偷藏了安眠药，在痛苦时服下。她看着呆立着的父亲，父亲终于给了她两颗安眠药，放在她的嘴里。她连连摇头说："你也真是的，又不是再也见不到我了！"父亲听完这话，像是被打了兴奋剂似的，继而又给了母亲几颗药。他再也无力看到自己的妻子如此痛苦下去了，只求她可以早点解脱。冰心站在一旁，"神魂俱失，飞也似的去抓住父亲的臂膀，然而，已经来不及了。母亲吞下了药，闭着口，垂目低头，好像要睡。父亲颓然地坐下，头枕在她肩旁，泪如雨下。"

1月7日早晨，母亲几度悲惨呻吟后，声音减弱，家人又为她请来医生，医生给她打了一剂止痛安眠药。拨开她的眼睑，用手电筒照了照，她的眼光已似乎散了。晚上9点45分，经过一番挣扎之后，母亲渐渐地停止了呼吸，与世长辞了。姐弟几个跪在地上泣不成声。

说到母亲的死，一直是冰心心头的痛，她对母亲的爱有多深，那么她的痛就又多重。她曾说："我再也不要领略人生，也更不要再领略如十九年一月一日之后的人生！那种心灵上的惨痛，那种脸上含笑的生活，曾碾我成微尘，绞我为液汁。假如我能为力，当自此斩情绝爱，以求免重过这种的生活，重受这种的苦恼！"上天给人布下了生离死别的剧情，何其残忍。死去的人固然已经化作尘土归去，但活着的人却要忍受割舍的痛苦。无论人类怎样豁达，终不能含着微笑对死去的亲人告别，必须用眼泪来表示心底的伤痛。生命不是莲叶上的一滴露水，失去时怎能不痛不哭？

失去母亲的冰心，亦失去了母亲在她精神上的支持，她像折了羽翼的鸟儿一样一下子从半空中跌落下来，她含着泪水，想到了吴文藻，这个与自己携手婚姻的人，她的一半灵魂给了母亲，另一半则给了吴文藻。现在，母亲的光被黑暗的世界吞没了，大雪冰封了世界，她必须寻找安慰自己那一半灵魂的栖息之地，从她的爱人那里得到一点温暖。

她给吴文藻写信："爱，请你准备着迎接我，温慰我。我要飞回你那边来。只有你，现在还是我的幻梦。"

然而，她还不能回到爱人的身边，她必须陪着父亲和弟弟送完母亲最后一程。冰心知道，母亲去了，她的责任就更重了，作为家中的长女，她要填补亲人们在亲情上的缺失。忙忙碌碌，终于办完了丧事。从殡仪馆回来，母亲的房间空空荡荡，原来的床位已经被搬走，家里再也没有了欢乐。

是晚的夜，特别的黑，冰心先是安慰父亲让他入睡，弟弟们也都各自回房休息了。她则一个人坐在母亲的房间里，想到母亲生前的音容笑貌，默默地流泪。

她写信告诉吴文藻，她再也无法在"到处都是黑暗，到处都是空虚"的家里待下去了，她要回到北平去。

生活为你关上了一扇门，那么，它会为你打开另一扇门。精神极度憔悴的冰心依旧是幸运的，虽然母亲的去世给了她沉重的打击，让这个视母爱为一切的女作家陷入无尽的黑暗。然而，她的丈夫正在北平张开有力的臂膀迎接她。回到北平的冰心在吴文藻的百般劝慰下，又重新感受到了生活的爱和希望。不久，他们的长子宗生（吴平）出世。冰心又一次踏上了爱的旅程，她突然明白，失去母亲的自己并非一无所有，只不过从前母亲对她的付出，她现在要以另一种方式传递给她的孩子。冰心要从一个女儿的角色变成一个无私的母亲，并觉得这是宇宙间最幸福的事。

孩子是在1930年2月出生，当分娩的剧烈阵痛过后，冰心听到了儿子响亮的啼哭，她看着这个从自己体内分离出来的可爱的小生命，眼睛里欲淌出快乐的泪水。那时候，燕京大学校刊为此特发了一篇文章：《吴文藻教授弄璋之喜》，本校同人纷纷前来道贺。

有了孩子的冰心，更加把心思专注在家庭上了。他的先生吴文藻，那时候已经被聘为教授，工作任务自然更加繁忙。为了实现他"社会学中国化"的伟大理想，他日日夜夜勤奋工作，一门心思研究学术，将料理家务的事情几乎全部交给了冰心。

吴文藻为社会这个大家庭谋幸福，冰心则在丈夫的身后默默支持他，精心地维护自己的小家庭。她不仅是一个家庭主妇，还是燕京大学的讲师，她既服务于家庭，又忙于教书、写作，用她纤柔的身体坚强地支撑起了偌大的一处60号楼房，撑起了一个在风雨如晦的年代的美好家庭。

赌书消得泼墨香

冰心与吴文藻

宝塔诗里有秘密

同样身为女子的我，一直都喜欢读女性作家的文字。尽管她们个性不同，文风不同，却可以带给我对女性的爱独有的思考。曾经十分喜欢读三毛的《撒哈拉的故事》，喜欢这个为爱而生为爱而死的女子，率性地行走在撒哈拉的茫茫荒漠上，和她的西班牙丈夫荷西度过了感人的六年时光。总是渴望自己也可以像她一样热烈地爱一个人，然后被一个如荷西般温暖的人疼爱。可惜三毛在她的故事中只是向我们诉说了她和荷西两个人的恋爱，更加不幸的是，这种幸福在六年之后就仓皇结束。也许是因为荷西的死，我们才无法看到三毛和荷西接下来的故事，他们已经没有了家。因此，我对三毛的爱只是停留于一种少女似的痴狂。

但是，我认为一个女子注定要从梦幻般的爱情里面成长起来，走向平平淡淡的生活。青春给了女子最美丽的时光，然而，一个人不可能一辈子都年轻，爱情有一天也会在你的生命中蜕化成若有若无的东西，那时候占据你生命重心的将不是激情，而是你的孩子、你的家庭。聪明的女子必须抓住这短暂的时光，来维系之后生活的美好。最相爱的两个人携手进入婚姻的殿堂后，当抚育子女、赡养老人、疼惜伴侣。三毛教给我们怎样寻找爱情，而冰心则教会我们怎样成为一个体贴成熟的女子。这么看来，我们应该读一读冰心的文字。她不仅在儿童文学方面做出了卓越的贡献，而且在女性问题上的观点也发人深省。只是，无论是谈论儿童还是女性，她唯一不变的宗旨是"爱"。

从冰心的许多作品中，我们不难发现，她一直牢牢不忘围绕着家庭这个题材来论述爱的哲理。作家的作品源于生活，她之所以能够将家庭的矛盾揭露得十分深刻，分析得如此彻底，一定离不开她自己的亲身体会。生活在燕南园60号楼的冰心拥有一个幸福美满的家庭，然而幸福的花朵并非来自偶然，它是由人细心培植出来的。女作家一面生活，一面思考，又将她的思考投入生活。她终于找到了家庭之所以不幸的种种原因，进而避免了此类悲剧的发生，以此为借鉴来维护自己的家庭。

继长子吴平出生后，冰心和吴文藻又迎来了他们生命中的第二个孩子——他们的大女儿吴冰。两个孩子相差年岁不大，需要哺乳、陪伴、教育，作为母亲的冰心自然得操劳。由于冰心的母亲和吴文藻的父亲都先后去世，他们双方都成了单亲的大人，各自把父母接到燕南园60号小楼，以慰老人的寂寞。虽然父母的到来，也可以为冰心分担一些照看小孩的任务，但冰心不忍老人操心，自己处处体恤，孩子的吃睡依旧全由自己一手管理。这样一来，冰心要料理一大家子的事务，着实艰难，但她却也能将大家庭打理得整整齐齐。

一次，革命作家丁玲来燕南园60号楼看冰心，冰心正满手的肥皂泡沫给儿子洗澡，丁玲见之，便感慨地说："我就没有这种和孩子同在的机会，少了这种麻烦，却也缺了天伦之乐。"

吴文藻除了上课，回到家就钻在他自己的书房里，埋头于书本，废寝忘食。冰心对丈夫的学术研究表示理解，从没有因为丈夫不为自己分担一点儿家务而责怪或生气，最多不过是抱怨几句玩笑话。吴文藻的书房里都是顶天立地的书架，摞着满满的中文与外文的书籍，哲学、历史、社会学、人类学等等大部头的书，冰心说她连翻看的勇气都没有。吴文藻的同乡刘半农，当时也是燕大的教授，常来他们家做客，和吴文藻谈些语言学的问题。对于他们的这些研究，冰心并不怎么了解。于是，当她送茶进房间的时候，打趣地说："怪不得人家都说'江阴强盗无锡贼'，你们一谈起打家劫舍的事，就是没个完！"刘半农也颇为幽默，大笑着说："我送你一颗印章，就叫作'压寨夫人'怎么样？"这一番话引得在座众人都哈哈大笑。

冰心和吴文藻可谓性格迥异，然而吴文藻的沉稳和呆气经由冰心的风趣与活跃调和，倒也相辅相成，让生活充满了乐趣。

冰心看到丈夫吴文藻整天过着"书呆子"般的生活，也会做出成人式的撒娇。一次，冰心故意偷偷更换了吴文藻书桌上的照片，那还是1923年初冰心刚到美国花了五美金照的照片，寄回给国内的父母，以慰他们对女儿的相思之苦。有一张大一点的照片，在她母亲去世后，便被吴文藻要了回来，摆在他的书桌上。冰心问他，你是真的要每天看一眼呢，还是只是一种摆设？吴文藻就笑着说，当然是每天要看的。于是，冰心趁着吴文藻去上课把照片换成了影星阮玲玉的照片。然而，吴文藻对此竟没有丝毫发觉。冰心特意提醒吴文藻说，你看，照片上的是谁？吴文藻一看，笑了，忙把照片换下来，又有些生气地说："你何必开这样的玩笑呢！"

生活不就是应该这样吗？感动我们的总是生活中的细节，一个眼神、一个问候、甚至是一句淘气话，都可以在相爱的两个人心中擦出喜悦的火花。我们都是平凡的人，平凡的人不过渴求温饱、安宁、爱和家庭幸福，不曾经历好莱坞爱情大片《泰坦尼克号》中那般惊动天地的爱情，也不曾苛求只有奢华的浪漫才可以表达爱情。最合适的两个人，一定是在看到对方一眼时，就觉得无比的甜蜜与满足。冰心和吴文藻因性格与处事常常导致一些有趣的事情发生。最广为人们流传的恐怕就是那首宝塔诗：

马

香丁

羽毛纱

样样都差

傻姑爷到家

说起真是笑话

教育原来在清华

这首宝塔诗是冰心在抗日战争时期居住在云南时写的，当时清华大学的梅贻琦到呈贡冰心的家过周末，谈起战前的趣事，她便随手凑了这么一首宝塔诗。诗里的傻姑爷自然是指吴文藻，至于马、香丁、羽毛纱这三样东西都和吴文藻的趣事有关。梅贻琦是清华大学的校长，看到冰心将吴文藻的"傻气"归因于清华，心里不服气，又在这首宝塔诗的下面加了两句：

冰心女士眼力不佳

书呆子怎配得交际花

梅贻琦巧妙地又引回到冰心身上，使得在座的清华同学一片笑声。

"香丁"的由来其实是"丁香花"，著名的社会学家吴文藻先生竟然不认识这种花朵，亦不知道它有个名字叫"丁香"。那是一个阳光明媚的春天上午，冰心一家人都在小洋楼前赏花，吴文藻在书房用功，吴母让冰心把他叫出来休息一会儿。吴文藻茫然地盯着眼前的这些漂亮的花朵，问冰心："这是什么花？"冰心知道吴文藻不认识，就忍笑说："这是香丁。"吴文藻也信以为真，明白似的点点头："呵，香丁！"大家听了都大笑起来。

又有一次，冰心和吴文藻两人一同去城里看望父亲谢葆璋。到了父亲家，冰心让吴文藻上街去给孩子们买一种叫萨其马的点心，并给父亲买一件双丝葛的袍子。当时，孩子们还处在牙牙学语的阶段，发音不完全，不会说萨其马，只会说一个字：马。吴文藻遵嘱到了稻香村点心店和东升祥布店，结果两件东西都叫不出来，一个只会说"马"，另一个说成羽毛纱，还好，那两家店铺的人与冰心家熟悉，便打了电话来问。东升店的人说："您要买一丈多的羽毛纱做什么？"冰心知道丈夫又闹了个大笑话。她对父亲抱怨道："你看看，他还真是个傻姑爷！"谢葆璋听后笑着说："这傻姑爷可不是我替你挑的，是你自个儿选的！"

这就是马、香丁、羽毛纱的来历，后来，冰心和人提起这些事情，大家总是笑得前仰后倒。这终于使我相信，当一个人爱另一个人时，他身上的缺点都会变成优点。吴文藻的"傻气"，让冰心觉得可爱。虽然，他在生活中会犯一些常识性的错误，但他在学术上的研究却始终让冰心叹为观止。他不是一个"呆子"，而是一个天才，他拥有惊人的精力，广博的学识。她自惭形秽地说："文藻的兴趣很广泛，除了社会学之外，哲学文学都是他所爱好的，若论读书，他念得比我多得多了，对文学他只看些名著，不像我这样'死扣'。"

在别人眼里，冰心和吴文藻亦是一对让人羡慕的夫妻。当时，有一个《妇女生活》的女记者采访冰心，文章中对他们的家庭生活进行了这样的描述：

　　楼下差不多是四间，样式玲珑的红木家具中夹杂着沙发，壁上是风景和古色古香的屏条，微光从百纱窗帘外透进来。

　　当我正在翻阅着桌上的杂志的时候，两个四五岁的孩子从楼上唱唱笑笑地走下来，彼此相逗着，看到我重又退到楼上去，拖了许多玩具下来。我和他们不同姓名地熟识了，由稍大的一个口里知道，小的一个是谢先生的孩子。脸上告诉人，他营养很足，一对小亮眼睛不住嬉笑，他四岁。——这是儿子吴平。

　　这时有一个女仆抱下冰心的五个月的女孩儿来，白白胖胖的。

　　把孩子抱在手里，笑着："我们两个孩子全是吃羊奶，这里有一只瑞士羊。你来时我正给她洗澡，一早上就忙着这些事。——这就是大女儿吴冰。

　　在这以前吴先生曾出来一趟，高高瘦瘦的个子，鼻梁上架着玳瑁眼镜，近来为了燕大社会学系在办清河试验区的农村复兴的尝试很忙着。谢先生跟着孩子们叫Daddy，吴先生则很温婉地带着孩子们玩，吃药，叫着："婉莹，电话。"

燕南园60号小楼，因为有一位聪明美丽的女主人和一位才识过人的男主人，成了文人们交流谈话的沙龙，两位主人都十分好客，朋友、同学、学生、编辑、记者常常络绎不绝。当时，文化界很流行这样的沙龙，譬如林徽因的"太太客厅"，慈慧店三号的"读书会"。大家一起谈论古今，结下了深厚的友谊。其中，巴金、老舍、沙汀、顾一樵、梁实秋、费孝通、潘光旦、郑振铎等都是冰心和吴文藻共同的朋友。主人待客严谨周到，但偶尔也难免疏忽。有一天，梁实秋和闻一多登门拜访，刚刚坐下便说出去再回，男女主人都很迷惑。原来，他俩是去买回了茶叶和烟，并风趣地对两位新居的主人说："屋子里外一切布置都很好，就是缺少待客的烟和茶叶。"冰心和吴文藻平时不抽烟，也没有喝茶的习惯，只有白开水，亏得他们提醒，下次便不再有此怠慢了。

当时，那个后来写了《红星照耀中国》，向西方介绍红色中国的艾德加·斯诺和他年轻漂亮的夫人也在燕京大学任教，他们常来冰心家作客。半个多世纪后，当艾德加·斯诺与海伦·斯诺早已劳燕分飞，暮年的海伦·斯诺一人在麦迪逊小镇上孤独地度着她悲凉的岁月时，回忆起当年她与斯诺见到冰心夫妇的情景，仍然情动于衷，海伦·斯诺用她的语言打字机写道："那时，冰心被认为是中国女性最优秀的作家，有着独特的文学抒情风格。她很美丽，很有魅力，他们夫妇堪称中国青年婚姻的楷模。"

西行绥远作考察

经营着燕南园60号小楼的冰心，心满意足地过着平静而安定的生活。头几年，她和吴文藻把大多数时间都花在了燕园里，几乎无外出旅游的空闲，他们每日上课、下课、回家，两点一线，看似枯燥，却也充实。冰心喜欢这样的日子，这或许和她的性格有关，出生于海军军官家庭的冰心，自小领略到军人规整的纪律，认为生活应当过得规律和节制。这一点也正好和吴文藻契合，吴文藻早年在清华学堂受过良好的培养，因此生活习惯整洁有序，无论穿衣、讲话、行走都给人整齐的印象。他们的生活过得简单而快乐，而我认为生活的真谛正是简单。越是简单越是让人感觉幸福，无绪的繁杂只会增加不必要的烦恼，有时候我们所遇到的困难不过是自己杞人忧天而已，选择轻描淡写地生活何尝不是人生的智慧呢？

冰心自从成了两个孩子的母亲之后，自然不能再像少女时候那样，由着性子到处奔跑，她要照顾一家人的起居饮食，家里大大小小的事情都得由她布置。琐碎的生活却没有剥去女作家身上的魅力，反而又给她添上了几分成熟的风韵。有人说，年过三十的女人就仿佛一朵开过了期的花朵，开始悄然褪色。时光真是一件可怕的东西，它让一个花容月貌的女子变成一个皱纹横生的老太。然而，这世界上的美不止一种，靓丽的容颜、年轻的躯体固然是美的象征，却十分短暂，而唯有丰富的经历、知性的头脑才能让美丽永驻。来过燕南园60号小楼的客人都说，女主人冰心是一个十分有魅力的女子，一个贤妻良母式的人物。

有时候我想，冰心的魅力一半是出于她生活中待人接物的方式，一半则是因为她的文字。一个可以写出优美文字的女作家，她的内心也一定是绚丽多彩的，如果说人的躯壳可以老去，那么她笔下的文字则永远不会变老。所以许多有名的诗人，到了暮年，依然可以写出鲜活动人的诗歌。像冰心这样充满灵气的女作家，不会被凡尘沾染了俗气，她顶着俗世的压力开出哲理的花朵，越老越美。看过许多冰心老年的照片，那个精瘦的老太太，梳着光滑的发髻，面带笑意，眼里含着慈祥的光。大家都亲切地把她称作"冰心奶奶"，看到她的样子就让人的心里腾起了满满的暖意。

1934年夏天，平绥铁路局局长沈昌邀请吴文藻带领燕京大学的一批教授学者沿着平绥铁路，做旅途沿线的访问和考察。是时，东北三省沦陷，内蒙古的问题成为国内舆论的焦点。为了搞清内蒙古的实际情况，很有必要对之做深入的了解。夫唱妇随，冰心也跟从丈夫一道前往。这支考察团共八人，分别是：吴文藻、冰心、顾颉刚、郑振铎、陈其田、赵澄、文国鼐、雷洁琼。此番西行，是冰心和吴文藻结婚之后第一次长途旅行，也是吴文藻认为极有社会学价值的一次实地考察。古训有言："读万卷书，不如行万里路。"何况关于绥远的情况，书本上无多少记载，有记载的都是出自外国旅行家之手。吴文藻认为这是中国知识分子引以为愧的事情。无论远行出于何种目的，冰心觉得只要和吴文藻在一起便是幸福，而她擅长写作，由她来记载旅途印象再合适不过了。每个人都有一个理想，希望和自己心爱的人手牵着手走过一座又一座城市，看遍人间的风景，享受潮起潮落的心情，然后有一处安稳的居所安顿流浪归来的身心。冰心做到了，无论走到哪里，她都可以和吴文藻相伴，他们一起读书、一起远行，然后一起回到他们在北京燕园的家。莫不是因为两人志同道合，就像连理的枝条，不知从哪一天开始就已经难舍难分。吴文藻需要冰心的陪伴，尽管他们乘的是专列、卧铺、书案，应有尽有，且带有专职的厨师，但是如果缺少了冰心，他将会觉得无从着落。

7月7日，这一支全部由燕大文人组成的考察队伍，得到了明确的分工：经济方面陈其田、宗教状况雷洁琼、文物古迹郑振铎、民族历史顾颉刚、蒙古毡房吴文藻、旅途印象谢冰心、导游手册文国鼐、摄影赵澄。他们从清华园车站出发，一路向西，途经青龙桥、宣化、张家口、大同、丰镇、平地泉、绥远、包头。期间行至平地泉时因路被水冲断，故又折回北京，二次出发至绥远、包头。途中所见风景，让他们记忆犹新，冰心在她的《平绥沿线旅行记》里面说："这次六星期的旅程之中，充分地享受了朋友的无拘束的纵谈，除了领教了种种的学识之外，沿途还会见了许多边境青年，畸人野老。听见了许多奇女子，好男儿的逸闻轶事，耳目为之一新，心胸为之一廓，我对于这次旅行的欣赏感谢，是罄笔难书的。"

人们说，一个人不应该老是居住在一个地方，最好是趁年轻时，多出去走走，看一看外面的世界，开阔一下自己的眼界，旅行可以丢开熟悉的环境，给自己一次重新成长的机会。所以，现在有越来越多的人喜欢旅行，他们有的辞去不错的工作只为一次心灵上的远行。但也有些人，向来喜欢安分守己的生活，不愿意劳累筋骨去冒险。人生的选择往往是矛盾的，一旦选择了安全就无法获得精彩，一旦选择了精彩就难保安全。然而，冰心既可以适应平常不变的生活，也能适应环境的变化，成为一个行走在山水间的顽强女子。"静若处子，动若脱兔"大概可以用来形容她这样的女子吧。

实际上，冰心的身体向来虚弱，在从绥远考察回来后的几个月内，因为受了之前旅途中的劳累，一直身体不适，处在小病之中。但她仍不悔和吴文藻一行人走过那些地方。

西方有位心理学家荣格说，作家都是自恋且自闭的，他们只会从自己的内心挖掘力量，而不是从外界获得力量。我认为荣格的观点是片面的，也许作家比一般人更热爱思考，但不能说他们是自闭的，任何一种灵感的迸发都需要生活的积累和环境的刺激，作家不能例外。只是想象力确乎丰富的作家们，比平常人更能够留意身边的事物，成为其创作的源泉。冰心亦是如此。她说："我自己生平的癖爱，是山水，尤其是北方的黄沙茫茫的高山大水。虽不尽瑰奇神秀，而雄伟坦荡，洗涤了我的胸襟。我生平还有一爱，是人物，平时因为体弱居僻的关系，常常是在过着孤陋寡闻的生活。"

跟随吴文藻西行绥远考察的冰心，从旅途中获取了不少创作素材。她的小说《二老财》就是取材于她在绥远的一个宴会席上听到的一个传奇故事——开发河套的民族英雄王同春及其女儿"二老财"的故事。另外，青龙桥的詹天佑铜像、云冈石窟的千年洞窟、山西大同的煤矿工人、蒙古族的可爱青年都深深地触动了冰心的灵魂。而这一切，她都记载在了自己的散文《平绥沿线旅行记》之中。

她在那篇煤矿参观记里这样写道："出矿已过六时，重见傍晚的阳光，重吸爽晴的空气时，我们心中都有说不出的悲恻和惭愧。""大家脱去蓝衣，发现彼此的内衣上满了黑灰，鼻孔和耳窍也都充耳不闻塞着黑垢时"，那年轻精悍的工头却向他们讲了这样一个事实："我们连肚子里都是煤屑呢？"此时，这位名噪国内的冰心只是用了"我默然"三个字和一个凝重的惊叹号，打住了文章。使我想起了著名作家沈从文先生在几十年前看到家乡的煤矿工人的悲惨生活时，讲了这样一句话："读书人面对这样的人生时，不配说同情，实应当自愧。"冰心与沈从文感同身受，可谓异曲而同工。

冰心对煤矿工人所表达的热爱与崇敬，极为炽烈，我认为这是烫得像一团火一样的挚爱，是发自内心的呼喊而出的爱。我们说，一个女子拥有女性的温柔之爱是平常的，但是像冰心那样既怀着纤细温柔的爱心，又兼具坚韧刚劲的热烈之爱的女子恐怕十分难得。古往今来，但凡是给后人留下深刻印象的女子，倒不是因为她们有倾城倾国之色，譬如中国的四大美女，我想，假如她们没有和国家的命运依附在一起，她们也将被历史遗忘。冰心自然算不得国色天香的美女，但是她却可以在历史的时光轴上占据一点，让一个世纪后的人们牢牢地记住了她的名字，那个叫冰心的女子，那个慕若秋风的女子，那个叫作婉莹的女子，那个头顶着两团火的女子。这应该和她对社会所做的贡献有关吧！

六个星期的西行考察，8个人组成的考察团，六十多年前，这班燕京大学的文人，走出书斋，来到西北的边陲之地，接触空气、青草、煤屑以及阳光，体会到了底层劳动人们的艰辛，并且获得了各自需要的研究成果。冰心是这支文人队伍中唯一一个女子，也是最娇小的一个女子，和冰心一样，同行者也都是瘦弱的书生。然而，身体上的贫瘠并不能阻止精神上的强大，我们可以想象他们走在旅行途中欢欣雀跃的情形。

欧美远游心清幽

继上次西行绥远考察后已经过了两年，冰心和吴文藻在燕园里过着一如既往的生活，事业和家庭蒸蒸日上。彼时，他们的长子吴平已经五岁，大女儿吴冰也一周岁了。两个孩子的成长总是让燕南园60号小楼充满欢声笑语。两年的时间，也让燕园发生了一些变化，最遗憾的是冰心的好朋友郑振铎先生离开了燕京大学，离开了北京。郑振铎知识渊博、教学有方，且学术成就显著，政治思想上倾向进步，却受到了燕京大学一些保守教授的中伤和排挤，他性格刚直，绝不迎合苟同，遂决意南下回到上海。

冰心和郑振铎的友谊要从她少女时代说起，正是郑振铎当年翻译的泰戈尔的诗让冰心着迷，触发了其写作诗集《繁星》《春水》的灵感。1931年，郑振铎被燕京大学和清华大学合聘为教授，并在燕园的一处小平房中住下，他也就成了燕南园60号小楼的常客，也成了冰心的良师益友。在吴文藻率领的西行考察团中，郑振铎也是其中一员，后来他还与冰心合作写了《西行书简》，成为他们那次考察的重要成果。

时光飞逝，吴文藻自哥伦比亚大学博士毕业后来燕京大学任教，已经七年了。七年，也是冰心和吴文藻结婚以后度过的时间。人们在谈到婚姻的时候，总是讲到"三年之痛，七年之痒"，不知道冰心和吴文藻有没有经历过这样的"痛"和"痒"，所幸的是他们的婚姻安然无恙地度过了三年、七年直至后来的一生。没有中了这句话的蛊，冰心和吴文藻的感情与日俱增，先后孕育出了宗生、宗远两个孩子，不久，他们又有了第三个爱的结晶——小女儿宗黎。

按照当时燕京大学的规定，教授在完成七年的教学任务后，有一年的休假。于是，吴文藻也想趁着这次休假，去欧美访学，以了解近年社会学、人类学等学科的前沿动态，为实践他的"社会学中国化"的理想努力。他提前向美国的洛克菲勒基金会成功申请了科研基金，准备和妻子冰心一同出国远游。

冰心自然也很想和丈夫一起去欧洲，想去看一看意大利的罗马古城、被称为时尚之都的法国巴黎，以及很想再回自己的母校威尔斯利女子大学和曾经的导师见一见面。作为一名女作家，旅行无疑是她不可缺少的生活方式。然而，冰心自结婚以来，都将心力放在了家庭，恰好这一次她最放心不下的两个孩子都可以由吴文藻的母亲和保姆富奶奶照顾了，便可以随同丈夫出国一年，看一看世界各地的文明与风貌了。

她说："墙角的花，当你孤芳自赏的时候，天地就小了。"她虽是个喜欢寂静的女子，亦是可以忍受孤独的女子，但她却不想因为环境的局限而使自己变得贫乏和无知。一个有魅力的女子，应当时刻保持求知的状态，接受外面斑斓的世界，去拥抱丰富的人生体验。柴米油盐固然是生活的根本，但也不能少了品诗酒花茶的雅兴。

他们收拾完行装之后，先抵达南京，于浦口车站下车。在二弟为杰和赛珍珠的前夫布莱克的迎接下参观了南京的名胜古迹以及为杰所在的公司。布莱克是冰心在燕京大学的记者会上认识的，那时候，他随夫人赛珍珠在燕大会见记者。后来，布莱克在五原临河一带考察农产，和冰心他们于包头不期而遇，如此一来，他们就熟悉起来。听说冰心来了南京，女作家丁玲也匆匆赶来和他们见面，那夜，他们一起在玄武湖上泛舟闲话。临走时，布莱克告诉冰心，自己已经和赛珍珠离婚，让她到了美国替他向前妻问好。听完这话，冰心有些许怅然，她为又一对在半途上分道扬镳的夫妻感到由衷的惋惜。然而，布莱克念及夫妻一场，托冰心向她问好，也算给了这段仓促的婚姻一个安慰吧。

在那个风雨飘摇的年代里，冰心知道许多像他们那样原本幸福的家庭都破碎了，两个原本相亲相爱的人形同陌路。冰心尤其害怕这种恩断义绝的关系，这和死亡一样叫人痛苦。可是她也猜不透这是不是大时代给他们这群人带来的不幸，是注定的。当周围的不幸将他们包围的时候，冰心觉得自己和吴文藻的婚姻就像是处于沦陷区的一小块安全的领地，有种步步紧逼的恐惧感。她紧紧地握住吴文藻的双手，沉默地依偎在他的怀里，叹息着。而当她看到丈夫眼里闪烁的温热之光时，又打消了这种恐惧。

夜凉如水，她和吴文藻两个人倾听着从南京驶往上海的火车压过轨道的声音，思考着他们的未来以及中国的未来。然而，这时候，他们还是自信的，吴文藻相信他的"社会学中国化"一定可以实现。

在上海他们得到了许多老朋友的接待，赵景深、巴金、勒以等人早就在车站迎接。后来，郑振铎又将冰心夫妇接到了自己家里，以佳肴款待，在他的鼓励下，冰心在《文艺界同人为团结国内御侮与言论自由宣言》上郑重地签下"谢冰心"三个字，加入由郑振铎和茅盾共同倡议的文艺界抗日统一战线。签字的还有鲁迅、郭沫若、巴金、林语堂等人，作家们希望站在抗日的立场上，求同存异，团结御侮。

不日，冰心和吴文藻乘船横渡太平洋，去往美国。十三年前，他们也是站在这块甲板上，怀着青涩的梦，眺望着远方的碧海与蓝天。只不过，那时候冰心和吴文藻还不熟识，想不到一晃这么多年过去了，他俩已经是不可割舍的至亲至爱的人了。回忆往事，冰心和吴文藻的嘴角都扬起幸福的笑。她感谢当初由于那次阴差阳错的机会，许地山将吴文藻带到了自己的身边。冰心觉得，只要身边有吴文藻在，她的灵魂就被温暖着，安放着；而吴文藻认为，有冰心的地方就有希望，他将永远不会感到疲倦。

幸福，是找一个温暖的人过一辈子。然而，有多少人还在寻寻觅觅中，找不到那个温暖的人。于是，别人的爱情就成了我们心中供奉的神话。在某个慵懒的午后，你抱膝而坐，静思默想，想象着冰心和吴文藻的爱情，想象当年那艘约克逊总统号邮轮，想象太平洋在他们眼中的颜色和后来有什么不同？难道，时光不会改变他们吗？伟大的爱情未必人人都有，可爱情从来只是平凡，只有相爱的人才知道眼前的这个人即使没有非凡的能力依旧是你心中的唯一。周星驰的电影《大话西游》中，紫霞仙子有一句经典的台词："我的意中人是个盖世英雄，有一天他会踩着七色云彩来娶我，我只猜中了前头，可是我却猜不中这结局……"原来那个盖世英雄不是人，也不是神，而是一只猴子。可是紫霞仙子爱至尊宝吗？她爱。因为爱情的结局注定是平凡的。在冰心的眼里，吴文藻并不是无所不能的，但他却是特殊的。在吴文藻的心中，冰心不是最漂亮的，却是最能让自己心动的。如此，温暖，便好。

这一年的出国游学，吴文藻奔波于日本、美国、欧洲各国的各大有名教研机构，参加了许多重要的会议，也遇到了许多知名的国外社会学学者，并试图为自己的研究生牵线搭桥，希望他们可以去国外名师门下深造。和吴文藻相比，冰心是自在且轻松的。她先是到了美国，回到自己曾就读的威尔斯利女子大学，和分别多年的同学、老师见面。后来，又和吴文藻一同前往欧洲，到了英国的伦敦。吴文藻拜访了伦敦政治学院的马凌斯诺基教授，将自己的学生费孝通推荐给了这位教授，马凌斯诺基教授欣然地接受了。冰心则在英国见到了著名的意识流派女作家，弗吉尼亚·伍尔夫。那时候的伍尔夫处于精神极度紧张的状态下，正在写小说《岁月》，闻知冰心来到伦敦，竟发来邀请，请冰心去家里喝下午茶。两位女作家一见面，就有聊不尽的话题。

冰心说，伍尔夫是一个很有风度的女作家，只是当时精神极不稳定，几乎处于崩溃的边缘状态。伍尔夫对中国的这位女作家很感兴趣，还劝冰心应该写一部自传，只是游学回国后的冰心遭受抗日战争的颠簸，哪里有心思写作自传呢？更加不幸的是，五年之后，那位才貌出众的英国女作家在完成最后一部小说《幕间》后，精神极度沮丧，痛苦不堪，为求得解脱，于1941年3月28日在苏塞克斯的乌斯河投水自尽。

人生一世，草木一秋。有时候，人的生命竟脆弱得如挂在树上的叶子，风一吹就落了。在痛苦面前，有些人选择了死，有些人选择了生。选择死，固然是一种解脱，但选择生却需要更大的勇气。所以，我常常敬畏那些年迈的老者，不是因为他们拥有比我丰富的阅历，而是因为他们在面对漫漫人生路时显露的坚强意念。人生是一场苦旅，在享受欢乐的同时必定忍受更多的苦难，于是，我认为生命的韧性乃是一种可贵的品质。

伦敦事毕，吴文藻陪冰心在罗马、佛罗伦萨游览了一番。罗马的斗兽场、教堂、宫殿、喷泉，佛罗伦萨的雕塑、壁画都给这个对美有着天生敏感的女子留下了深刻的印象。走入意大利就像走入了艺术画廊一般，她不得不感叹这个西方的艺术起源之地遍地都是精美绝伦的艺术品。

之后，他们一起到了法国。吴文藻忙于访学，在英国和法国之间来回奔跑。冰心因怀孕在身，留在了巴黎。在巴黎的每一日，冰心都过得十分悠闲，或去罗浮宫参观，或和房东女主人聊天，或者独坐在"香榭丽舍"大街两旁的咖啡座上喝咖啡，看过往的人群。她尤其喜欢优雅的巴黎女人，她们的穿衣打扮别出心裁，身上总是穿着一个色调的衣服，简约大方，脸上画着淡淡的妆，十分精致。她自己亦喜欢像巴黎女人那样地打扮自己，从来不浓施脂粉，不抹红唇，仅仅穿一件修身的旗袍，头发是向后绾成一个发髻。每当黄昏降临，这位东方女子坐在"香榭丽舍"大街的咖啡座上，慢慢啜着咖啡，看或着豆绿色，或着浅红色连衣裙的法国女人在夕阳下走过。她们有的佩戴着和衣服同色的帽子，帽子上缀着同色的花，或衰老或年轻，都那般俊俏，时间仿佛慢了下来。

当吴文藻办完事情，回到巴黎之后，他们又启程去了德国、俄国，最后回到中国。历时一年的欧美远游接近了尾声，冰心和吴文藻满怀信心，尤其是吴文藻在了解了世界各国的社会学研究之后，正打算着回到国内继续他的"社会学中国化"的下一步目标，但他们还不知道，此时的中国已经是山河破碎风飘絮，山雨欲来风满楼了……

抗战连年秋复秋

冰心与吴文藻

视书如宝难丢弃

　　北京城，在车轮子底下渐渐远去。尽管，痛恨极了这伤痕累累的城市，但冰心还是忍不住朝后向它望了一眼。一座中国的都城，一座羞耻之城，她的泪簌簌地落下，继而许多离别的场面在脑中徘徊。她想，离别，大概是自己一生不可避免的噩梦了，从童年的大海到北京的中剪子巷胡同，再到她逝去的母亲。三十几年，弹指一挥间，她竟尝到了人间的种种苦头，可是她还得继续向前走。原来，有些事情竟是那么让人无能为力，多情反而让人痛苦，因为自己太在意生活中的微小幸福，原本凝作一团的幸福往事，才会在顷刻之间崩塌得一塌糊涂。可是她还得向前走，虽然岁月已经将她伤得体无完肤，但她依旧痴念着爱和未来。她亦相信，离开是为了更好的回来，正如司徒雷登所言，他们将有一天重新归去，回到燕南园60号小楼，回到燕大课堂的讲台上。离开，不是为了向过去诀别，而是把它收藏在最珍贵的记忆里。记忆会让精神变得丰满，虽然离开了，记忆却可以被装在心里与自己相伴。只是，最让冰心和吴文藻放心不下的是他们的那些带不走也舍不得丢下的珍宝：

一切陈设家具，送人的送人，捐的捐了，卖的卖了，只剩下一些我们认为最宝贵的东西，不舍得让它与我们一同去流亡冒险的，我们就珍重地装起来寄存在燕京大学课堂的楼上。那就是文藻从在清华做学生起，几十年的日记；和我在美国三年的日记；我们两人整齐冗长六年的通信，我的母亲和朋友，以及许多不知名的'小读者'的来信，其中有许许多多，可以拿来当诗和散文读的，还有我的父亲年轻时在海上时代，给母亲写的信和诗，母亲死后由我保存。此外还有签名送我的书籍，如泰戈尔的《新月集》及其他；Virginia Woife 的 To The Light House 及其他；鲁迅，周作人，老舍，巴金，丁玲，雪林，淑华，茅盾……一起差不多在一百本以上，其次便是大大小小的相片，小孩子的相片，以及旅行的照片，再就是各种善本书，各种画集，笺谱，各种字画，以及许许多多有艺术价值的纪念品……收集起来，装了十五只大木箱。文藻十五年来所编的，几十布匣的笔记教材，还不在内！

　　（冰心《丢不掉的珍宝》）

　　《飘》里的老太太说："一个人活在世上，总要有点什么来爱，就像总要害怕点什么。"对于爱的范围和标准，她没有圈定。毕竟每个人的兴趣都是自由选择的，有的人素来爱山，因为山的坚毅和沉稳；有的人素来爱水，因为水的灵动与温柔。无论热爱什么，它一定是你灵魂深处所需的东西。就像有时候，我们为什么偏爱某一个人，爱得如此入骨，假使失去他，生命就少了一道阳光。爱书如同爱人。然而，人的心思朝夕莫测，情随世迁，爱一个人很难爱得长久，且总是会经历种种痛苦和伤害；书本则可以对你一生忠实，它陪你哭、陪你笑，陪你度过寂寞时的每分每秒。不知道冰心夫妇热爱书本，是否亦出于此番道理。然而，书本无疑是人置放灵魂的安定居所。

　　说到爱书，中国的文人大多数都爱书，古诗云："书中自有颜如玉，书中自有黄金屋。"古人将纯粹精神领域的阅读与追寻物质肉体的快感联系起来，其实，对一件事物沉迷，自然是我中有你，你中有我，灵肉不分的。书，让读书人如痴如醉、浑然忘我，就像庄周梦蝶，幻化为一。虽然颜如玉和黄金屋的比喻，太过露骨和功利，然而，爱书不失为一种高品质的趣味，它是超乎物欲的精神享受，否则爱书的人怎会达到废寝忘食的地步呢？吴文藻爱书，亦是如此。

"文藻从外面笑嘻嘻的回来，胁下夹着一大厚册的《中国名画集》。是他刚从旧书铺里买的，花了六百日圆！看他在灯下反复翻阅赏玩的样子，我没有出声，只坐在书斋的一角，静默地凝视着他。没有记性的可爱的读书人，他忘掉了他的伤心故事了！"这是冰心记录他们在日本东京生活的一个场面。

中国的文人爱书，有过许多感人的例子。西汉匡衡专门到藏书最多的人家去干活，不计报酬，只求"得主人书尽读之"。南北朝江泌，以制木鞋为生，看书没有灯，只得借月光读书。东汉著名学者王充没钱买书，就背干粮上一家名铺去"走读"。不仅如此，古人读书前，必先净手、擦桌、焚香、摒除杂念，以肃穆之心对待之，将读书视作神圣之事。翻阅时，小心翼翼，专心凝神；读毕后，整齐放置，保存如新。能爱一物爱到如此之程度者，想必其内心也多情，书痴绝不亚于情痴了。只是，情到深处人孤独，书到用时方恨少。书，是不嫌多的。

作为中国的文人，冰心和吴文藻身上亦继承了这种爱书的品质。尤其是吴文藻，冰心说："他在做学生时代，在美国，常常在一月之末，他的用费便因着恣意买书而枯竭了。他总是欢欢喜喜地以面包和冷水充饥，他觉得精神食粮比物质的食粮还要紧。在我们做朋友的时代，他赠送给我的，都是各种的善本书籍，文学的，哲学的，艺术的不朽的杰作。"

中国的文人，骨子里总带点超凡脱俗的傲气，能得他们所爱的必定是不同凡响的事物。俗话说，物以类聚，人以群分，爱好，亦是一个人品味的显露。一叠白纸、一缕墨香正好贴合他们身上流露出来的那股淡淡的雅韵。冰心和吴文藻自小热爱书本，每读书，手不释卷。成年后，也算是因书结缘。

俗话说，腹有诗书气自华。爱书的男子，一定有着儒雅的风度；爱书的女子，想必知书达理。书本，是冰心夫妇共同的精神寄托。曾经的燕南园60号小楼，被这两位爱书的男女主人堆满了书，他们的客厅内"半圆雕花的红木桌上的新书，差不多每星期便换过一次。""我们在自己和朋友们赞叹赏玩之后，便珍贵的将这些珍贵的东西，择起挂起或是收起。"

读书让一个素面朝天的女子，走在人群之中，鹤立鸡群。她知性、优雅、才高八斗，即使貌不惊人，亦会有一种内在的气质，如一朵幽兰散发着淡淡清香。尤其是像冰心这样爱书的女子，总是有一种醉倒人的美丽。她对于书的爱，不止于买书、读书，而且还自己写书。她把生活中的酸甜苦辣，把生命中的春夏秋冬，写在纸上然后变成铅字，供别人阅读。读着冰心的书，总叫人感到快乐，因为字里行间，充满了暖暖爱意。

由于念念不忘留在北京的珍宝，冰心于1946年7月，得到飞往北京的机会，匆匆赶往燕京大学。然而，战争却早已将它们摧毁。"在那里，我发现校景外观，一点没有改变，经过了半年的修缮，仍旧是富丽堂皇；树木比以前更葱郁了，湖水依旧涟漪！走到我的住宅中，那一架香溢四邻的紫藤花，连架子都不在了，廊前的红月季与白玫瑰，也一株无存，走上阁楼，四壁是空的，文藻几十盒的笔记教材不见了！……两天后，我才满怀着虚怯的心情，走上存放我们书籍的大楼顶阁上去——果然像我所想到的，那一间小屋是敞开的，捻开电灯一看，只是空洞的四壁！我的日记，我的书信，我的书籍，我的……一切都丧失了！"看到眼前的这一切，冰心落下泪来，心中的惆怅无以言说。她只能围绕着未名湖寂静地走了两圈。

原以为，她会因此而心痛不已，然而，这个始终乐观的女子，没有抱怨、没有失望，而是渐渐从荒凉寂寞的心境，变成觉悟和欣喜。她想："从古至今，从东到西，不知道有多少人，占有过比我多上百倍几千倍的珍宝。这些珍宝，毁灭的不必说了，未毁灭的，也不知已经换过几个主人！我的日记，我的书信，描写叙述当年当地的经过与心情的，当然可贵，但是，正如那老工友所说的，我还健在！我还能叙述，我还能描写，我还能传播我的哲学！"兴许是骨子里的坚强，让冰心在种种残酷的事实面前，抱着人类必定幸福的信念。她说："战争夺去了毁灭了我的一部分的珍宝，但它增加了我的最宝贵的，丢不掉的珍宝，那就是我对于人类的信心！"

原以为，一个内心敏感的女子，总是要比别人经历的伤痛多一些，生活得更加曲折一些。然而，冰心却总是在最深的绝望里看到希望。她自嘲似的说："人类也是善忘的，几年战争的惨痛，不能打消几十年的爱好。这次到了日本，我在各风景区旅行，对于照相和收集纪念品，都淡然不感兴趣，而我的书呆子的丈夫，却已经超过自己经济能力，开始买他的书了！"

冰心的自嘲不是精神的麻木，只是她知道，人生之路何其漫长，痛苦的记忆若一直不能放下，只会给自己带来更多痛苦。而她一直希望生活中充满爱，她就是这个爱之梦想的践行者，一路流泪，一路奔跑。善忘，何尝不是一种幸福？人这一生，如果事事都要记住的话，那就太多太多了，所以应该学会忘却。譬如：生活中遇到的种种不快，以及他人对你的各种伤害、诋毁。善忘，何尝不是一种超脱、大度的美德？悲伤只能叫人颓靡，而善忘却可以让岁月云淡风轻。

冰心能够体会到生命之重，亦可以化重为轻，这大概就是她历经沧桑，活到百年的原因吧！

香港一别成诀别

　　这个世界上有太多的不可预料，生老病死，天灾人祸，小到个人的命运，大到一个时代的变更。你无法预料，自己将于哪一天与这光怪陆离的世界告别，你也不会知道，哪一天你身边的人将突然消失、死亡。未知，加重人的恐惧。但生命看似无奈，却也公平。因为每个人获得的时间都是有限的，无论帝王将相还是平民百姓，都不能得到死亡的豁免，求仙永生不过是一种迷信。看透了死亡的本质，就学会了释然，要做的就是在有限的生命里发挥自己最大的价值。

　　那个生前穷困潦倒的印象画派大师梵高说："生命只是一个播种的季节，收获不在这里。"从他的句子里我读出了他对生命炽烈的爱，就像他那幅火一般光亮的向日葵的油画，照亮了我，给了我满心的谦卑。生命不是索取，不是霸占，而是如印度诗人泰戈尔所说："飞鸟在天空飞过，却不留下任何痕迹。"

　　但是，人总是割舍不了自己的那份眷恋。我们不能赤裸裸地坦白，等你离开人间，那么这世上的一切都与你无关，所有的感动、所有的过往、所有的爱都灰飞烟灭。太过坦白是无礼的伤害，原本生命是一个解不开的谜团，谁能知晓世界是否存在一个彼岸，彼岸是否依旧花开？谁能断定，两颗相爱的灵魂在死去后不会相逢？

只是，人总是避免不了突如其来的一击，在你毫无防备的情况下，让你措手不及。冰心万万没有想到，四十九岁的许地山，竟会如此仓促地离开世间，在香港的一聚竟成了最后一面。

在日本人的炮火下，中国守军节节败退，北京、上海纷纷沦陷。冰心和吴文藻带着一儿两女离开燕京大学，南下昆明。中途至上海，安顿吴母，又改乘轮船到了香港，与冰心的表哥刘放园一家以及冰心的三弟弟和三弟媳相聚了一场。是时，许地山一家也在香港。

许地山原本也和冰心一样在燕京大学教书，因为和司徒雷登的理念不合，发生争执被解聘。他已和北师大的周俟松女士结为夫妻。离开燕京大学的许地山经胡适举荐，于1935年携家眷来到香港大学，并在这里施展才华。其妻周俟松女士，亦是一个贤淑能干的女子，尽管夫妻之间由于脾气的差异，不时会发生一些小小的争执，为此许地山还和周俟松订立了一份《爱情公约》，并把这份公约挂在卧室的墙上：

1.夫妻间，凡事互相忍耐；

2.如果意见不合，在大声说话以前，各自互相离开一会；

3.各以诚相待；

4.每日工作完毕，夫妇当互给精神的愉快；

5.一方不快时，另一方当使之忘却；

6.上床前，当互省日间未了之事及明日当做之事。

翻看许地山的《旅印家书》，信里有这样一段："今天是九号，从香港到此为一千四百四十四里，足走了五天五夜，大概要后天才能开船到槟榔屿。到仰光还得七天，到时再通知。夜间老睡不着，到底不如相见时争吵来得热闹。下一封信，咱们争吵好不好？"

亲昵的笔调，幽默的《爱情公约》，让人觉出许地山和周俟松的感情是甜蜜的。

周俟松爱看故事，许地山就专门为妻子翻译了孟加拉和印度民间故事。许地山写作时很喜欢和妻子讨论，若写到深夜时分，便有种"红袖添香夜读书"的境界。许地山曾对周俟松说："泰戈尔是我的知音长者，你是我知音的妻子，我是很幸福的，得一知音可以无恨矣。"

周俟松是许地山的第二任妻子，这个爱好佛学的男子，在经受了一次丧妻之痛和一次暗恋不得果的打击下，又遇到了他的第三次爱情。他这样写过："我自信我是有情人，虽不能知道爱情的神秘，却愿多多地描写爱情生活。我立愿尽此生，能写一篇爱情生活，便写一篇；能写十篇，便写十篇；能写百千亿万篇，便写百千亿万篇。"

对于婚姻，许地山自始至终是个情深义重的男子，在他的首任妻子林月森去世一周年时，他还写了悼亡诗一首，真切地表达出对这个极早离开自己生命的女人的缠绵的爱：

妻呵，若是你涅槃，
还不到"无余"，
就请你等等我，
我们再商量一个去处。
如果你还要来这有情世间游戏，
我愿你化成男身，
我转为女儿。
我来生、生生，
定为你妻，
做你的殷勤"本二"，
直服事你，
得"阿耨多罗三藐三菩提"

两个人相爱，必定是深刻地懂得彼此。周俟松爱上了许地山，不因他是一个丧偶男子而有所避讳。她体会到这是一个心地善良、质朴无华、感情细腻的男子。许地山爱好佛学，周俟松便陪他一起参观各处的佛庙；许地山同情清贫的学生和穷苦人，她便经常在他的衣袋里放点零用钱，当许地山外出讲学看到穷苦人便掏出来给他们。

周俟松第一次见到许地山是在"五四"的游行队伍中，当时她还是个中学生。第二次见到许地山是在接待俄国盲诗人爱罗先珂的欢迎会上，也只是远远地观望这位活跃的助教，两人真正认识是后来在熊佛西家。熊周两家不远，同在石驸马大街，其时周俟松已考入北师大数学系就读。许地山在燕京大学读书时就很出名，这不仅因为他是文学研究会的发起人之一，还因他一年四季爱穿黄对襟棉大衫，留长发蓄山羊胡，精于钟鼎文梵文。这个"三怪"才子，给周家的女学生留下了深刻的印象。周俟松说："多见了几次，感到他学识渊博，感情丰富，逐渐互相爱慕。"

婚后许地山谈到两人的缘分曾说："幸而你没有进燕大，我是不会和学生谈恋爱的。"许地山的这句话透露了他对师生恋的某些失落和抗拒，也许，是因为他曾失败地暗恋冰心。一个人在一段感情面前失败后，往往会对之产生防范的心里。那个曾经让他喜爱的女子，多多少少于他的心上留下了伤痛吧。因为人一旦爱了，就不可避免经受伤害。在约克逊轮船的《海啸》上，许地山写过一首《女人，我很爱你》：

女人，我很爱你。
可是我还没有跪在地上求你说
"可怜见的，俯允了我罢。"
你已经看不起我了！
这天亡的意绪
只得埋在心田的僻处，
我终不敢冒昧地向你求婚。

诗里的这个女人，就是冰心。后来，许地山的女儿许燕吉也曾指着一张老照片上用小篆写的字："山有木兮木有枝，心悦君兮君不知。"她说，这张照片是许地山拍摄于燕京大学校园，字也是许地山所题。照片里那位走在校园路上学生打扮的女子就是冰心。

想来，这个多情的男子对冰心的痴情是他不堪回首的过去。然而，当得知冰心来到香港时，许地山兴冲冲地立刻出现在了冰心的面前。他用自己的小汽车载着冰心一家来到了风景秀丽的罗便臣道寓所，和妻子一起款待了这位许久不见的友人。他还以"中华文艺界抗敌协会香港分会"的名义，在香港大学组织了欢迎会，香港的读者们专程前来，期盼着见一见《寄小读者》的作者，冰心女士的芳容。

张爱玲说："这个世界上最幸福的事，就是你喜欢的那个人也同样喜欢着你。"许地山对冰心的爱总是情不自禁，却不曾奢求有任何回报；冰心自然知道他为自己付出的一切，她对他更多的是出于感动吧。

三年后，许地山因积劳成疾，突发心脏病，死于香港罗便臣道寓所，只活了49岁。那时候的冰心，也正病卧重庆郊外的歌乐山上，她不知远在香港的昔日友人，那个为他投下一腔热情的男子猝然离世。许久之后，她得到许地山去世的消息，沉默了良久。从此，冰心知道这世界上再没有许地山，没有了那份对她悄悄地思念，少了一段情，一份痴。想起多少年前，她还没有和吴文藻遇见，是许地山给了她对青春的丝丝憧憬，许地山的爱或许没有打开冰心的心，却也一定温暖了她的心。有人说，只有当一颗心被温暖了的时候，她才会遇到真爱。而对于这个给了冰心温度的男子，她只能远远地看着，因为知道不会有结果，所以她不曾靠近过他，试探过他，也不曾努力过。这样的爱，说不出开头，也不知道结尾，只是变作一种美丽的心情永远在心间温存。

有时候，人活着是一个残忍的过程，因为你必须目睹别的生命一次次的凋零，你活得越长，这样的痛苦就越多。面对死亡，冰心无言。生命如一颗绚丽的陨石，刹那光芒之后，便消失无声。过往的葱茏记忆一并随了死去的人归了尘土。百年之后，会不会有人记得他们曾经拥有过一段脉脉深情？兴许，不会有人知道，有些爱只能成为秘密让岁月带走。许地山把对冰心的爱藏在心里，带离了人间。

后来，我读许地山的文字，读他的成名小说《命命鸟》，读他那篇象征着其人格的散文《落花生》，每读一遍便要泪流一次。我的眼泪也许是因为他的文字云绕着一股挥之不去的宗教意味，感受到了宿命的悲哀。也或许是，这个从不因爱情放纵，却为爱情炽烈了一生的男子，他的真心打动了我。

斯人已逝，死去的人离开那个战乱的年代，离开拥挤忙碌的人间，他这一走，给他最亲最爱的人留下了煎熬的伤痛。自许地山突然离世后，他的遗孀周俟松女士带着幼小的儿女回到了大陆，坚强地撑起了整个家。在那个兵荒马乱的时代，孤儿寡母的生活当是如何窘迫。在丈夫身后的半个多世纪里，她始终在默默地做着丈夫未竟的事业，为丈夫编书写文章。世界是能量守恒的，爱人的人必得他人之爱，许地山为冰心付出的爱无法得到相应的回报，但周俟松绵延了许地山的爱，倘若他九泉有知，当感到不悔而幸福。

闲居默庐恋春城

　　这里：天是蓝的，山是碧青的，湖是湛绿的，花是绯红的。空气里永远充满着活跃的青春气息。

　　　　　　　　　　——冰心《忆昆明——寄春城的小读者》

　　昆明，在冰心的印象中，既闲适又安静。实际上，昆明的确是一座让人心生眷恋的城市，它四季如春、鲜花常开，让喜爱大自然，喜爱花鸟山水的冰心，对之产生了迷恋。昆明之美，兴许一半是出于它宜人的气候和环境，另一半则出于冰心那种"既来之，则安之"的豁达。物随情移，情随物迁。每一个人喜欢一样东西，都不会是毫无道理的，它或许是满足了你某时某刻的心情。彼时彼刻的冰心和吴文藻，虽然因日本人强占了北平而被迫选择南下，可谓时局艰难，处境尴尬。但当时的昆明也聚集了许多志同道合的朋友，成了抗日战争最有生命力的大后方。

　　更何况，像冰心这样坚强的女子，无论面对何种窘境，总是可以做到优雅从容。她无论如何也不会在困难面前自暴自弃。这个心怀善意的女子，犹如一株生命力旺盛的小草，总是可以在狭窄的裂缝中找到照亮自己的阳光，在贫瘠的土地上展开鲜嫩的枝芽。

北平给向往着纯爱的冰心以触目惊心的伤害，而在与北平相去万里的昆明，是她为爱重新开始的地方，是她为伤口静静疗养的地方。在这里，吴文藻要继续他的"社会学中国化"之梦；在这里，云集了北京大学、清华大学、南开大学三所名校的精英，他们共同组成西南联大，为中国的教育事业作奋斗。冰心眼中的昆明因充满希望而变得可爱。

离开香港后，冰心和吴文藻先取道越南，再到云南省城昆明。对此，她曾这样回忆道："这一路，旅途的困顿曲折，心绪的恶劣悲愤，就不能细说了。记得到达昆明旅店的那夜，我们都累得抬不起头来，我怀抱的不过八个月的小女儿吴青忽然格格地拍掌笑了起来，我们才抬起倦眼惊喜地看到那边圆桌上摆的那一大盆猩红的杜鹃花……"

小女儿不谙世事的笑以及杜鹃花绚丽的红，好像一团火点燃了冰心灰暗的心情。她喜爱昆明，尤其喜爱这里的花朵，这些花比自己原先在燕南园60号小楼时种的还要多，她说："昆明那一片蔚蓝的天，春秋的太阳，光煦地晒在脸上，使人感到故都的温暖。近日楼一带很像前门，闹哄哄的人来人往。近日楼前就是花市，早晨带一两块钱出去，随便你挑，茶花，杜鹃，菊花，……还有许多不知名的热带的鲜艳的花。抱一大捆回来，可以把几间屋子摆满……"

冰心是一个热爱生活的女子，她走到哪里，便要把哪里布置成舒适温暖的家；她走到哪里，便要把美丽带到哪里。来到昆明后，他们在螺峰街的一个小屋里暂时住下，楼上楼下便常常摆放着一束束、一枝枝五彩缤纷的鲜花，玫瑰、杜鹃、山茶、菊花……把一个小小的家装点得清新幽雅，花香袭人。

明代刘禹锡说："山不在高，有仙则名。水不在深，有龙则灵。斯是陋室，唯吾德馨。"罗峰街的小屋以满室的花香吸引文人雅士们聚集于此，也因女主人冰心美好的品德而络绎不绝。朋友们谈抗战，谈故乡，谈穷，也谈明天的中国，明天的昆明……那时来得最多的是罗常培(莘田)先生，以及和他一起号称"三剑客"的郑天挺(毅生)先生，还有扬振声(今甫)

先生，冰心曾很有感情地回忆道："……昆明还有些朋友，大半是些穷教授，北平各大学来的，见过世面，穷而不酸。几两花生米，一杯白酒，抵掌论天下事，对于抗战有信念，对于战后的回到北平，也有相当的把握。他们早晨起来是豆腐浆烧饼，中饭有个肉丝炒什么的，就算是荤菜。一件破蓝布大褂，昂然上课，一点不损教授的尊严。他们也谈穷，谈轰炸谈的却很幽默，而不悲惨，他们会给防空壕门口贴上'见机而作，入土为安'的春联。他们自比落难公子，曾给自己刻上一颗'小姐赠金'的图章。他们是抗战建国期中最结实最沉默最中坚的分子……"

抗战局势愈见严峻，日本侵略军大肆侵占我国领土，开始将魔爪伸向了中国后方，昆明城内多次被日本的飞机狂轰滥炸，越来越不安全。市民们纷纷扶老携幼，到郊区躲避空难；云南大学、西南联大的许多教授、学者也相继离开昆明城区，疏散到呈贡、蒙自一带。冰心一家也搬到了呈贡。

呈贡在昆明城郊，濒临滇池，是一个有名的鱼米之乡，县上还出产远近闻名的宝珠梨。初到呈贡时，冰心一家住在一户农民家里，屋后就是一片梨园，开春，梨花如雪，花瓣似雨，有着一番浓浓的诗情画意。冰心夫妇也曾和房东家一起去梨园摘梨或者到滇池边捕鱼。从未体会过的田园生活倒让冰心和吴文藻暂时忘记了战乱的痛苦。望着为丰收而欢喜的农民，冰心夫妇感到欣慰，然而，倘若没有战争，中国的百姓不都应该过着这样美妙而宁静的生活吗？

不久，冰心一家又搬到呈贡的文庙。当时，西南联大的国情研究所就设在文庙里。联大教授戴世光，为了欢迎冰心，特意书了一副大红对联："半间东倒西歪屋，一个千锤百炼人"，贴在大成殿一侧的厢房门上。从此，这副对联也成了一代文化名人在呈贡工作、生活的绝妙写照。

当时的呈贡可谓人才荟萃，不仅有冰心、吴文藻，还有费孝通、沈从文、陈达、唐敖庆等也来到这里。求贤若渴的呈贡中学校长昌景光看到了这"千载一时之机"，喜出望外，不失时机地迅速办起了呈贡中学第一个高中班，聘请了这一大批德才兼备的文化精英任教。

冰心受昌景光先生聘请到校兼课，并受之安排搬往"华氏墓庐"居住，也好安心写作。这原本是呈贡斗南村华家守墓的房屋，虽墓冢处处，芳草萋萋，孤寂而又苍茫，却给冰心几分诗意化的感受。动乱年间可觅得如此居所，独享一方清静，冰心感激不尽，遂以谐音将其作"默庐"称之，又兼"潜沉"之义。

"默庐"因冰心的到来，增添了几分欢喜和人气。西南联大那些有名的教授、学者，还有冰心和吴文藻的好多学生常来此拜访。"默庐"里"谈笑有鸿儒，往来无白丁"。不仅是冰心，也是这些知识分子关于昆明的最美好的记忆。心事重重的文人们，聚集于这冰清玉洁的小屋，谈笑风生，共赏屋前山光水色，心情豁然开朗。他们也共同想念着北平，想那儿所熟悉的一切，想"大觉寺的杏花，香山的红叶"，想"北平的笔墨笺纸"，想"故宫北海"，"烧鸭子、涮羊肉"，想"火神庙隆福寺"，"糖葫芦、炒栗子"……想到北方的食物，冰心就干脆下厨，有时候，主客一起动手做饭，包饺子、烙饼、做炸酱面……冰心说："回溯平生郊外的住宅，无论是长短居住，恐怕是默庐最惬心意。"

她在《默庐试笔》一文中这样描写这座小屋的生活：

我的寓楼，前廊朝东，正对着城墙，雉堞蜿蜒，松影深青，雾天空阔。最好是在廊上看风雨，从天边几阵白烟，白雾，雨脚如绳，斜飞着直洒到楼前，越过远山，越过近塔，在瓦檐上散落出错落清脆的繁音。还有清晨黄昏看月出。日上、晚霞、朝蔼，变幻万端，莫可名状，使人每一早晚，都有新的企望，新的喜悦。下楼出门转向东北，松林下参差的长着荇菜，菜穗正红，而红穗颜色，又分深浅，在灰墙、黄土、绿树之间，带映得十分悦目。出荆门北上斜坡，便到川台寺东首，粟树成林，林外隐见湖影和山光，林间有一片广场，这时已在城墙之上，登墙，外望，高岗起伏，远村隐约。我最爱早起在林中携书独坐，淡云来往，秋阳暖背，爽风拂面，这里清极静极，绝无人迹，只两个小女儿，穿着橘黄水红的绒衣，在广场上游戏奔走，使眼前宇宙，显得十分流动，鲜明。

　　我的寓楼，后窗朝西，书案便设在窗下，只在窗下，呈贡八景，已可见其三，北望是"凤岭松峦"，前望是"海潮夕照"，南望是"渔浦星灯"。窗前景物在第一段已经描写过，一百二十日夜之中，变化无穷，使人忘倦。出门南向，出正面荆门，西边是昆明西山。北边山上是三台寺。走到山坡尽处，有个平台，松柏丛绕，上有石渴和石块，可以坐立，登此下望，可见城内居舍，在树影中，错落参差。南望城外又可见三景，是龙街子山上之"龙山花坞"，罗藏山之"梁峰兆雨"，和城南印心亭下之"河洲月诸"。其余两景是白龙潭之"彩洞亭鱼，和黑龙潭之"碧潭异石"，这两景非走到潭边是看不见的，所以我对于默庐周围的眼界，觉得爽然没有遗憾。

　　平台的石座上，客来常在那边坐地，四顾风景全收。年轻些的朋友来，就欢喜在台前松柏阴下的草坡上，纵横坐卧，不到饭时，不肯进来。平台上四无屏障，山风稍劲。入秋以来，我独在时，常走出后门北上，到寺侧林中，一来较静，二来较暖。

她感慨："论山之青翠，湖之涟漪，风物之醇永亲切，没有一处赶得上默庐。我已经说过，这里整个是一首华茨华斯的诗！"

吴文藻在云南大学教书，又在西南联大及中法大学兼课。他每星期回呈贡家中一次，那时交通不便，从昆明到呈贡要坐小火车，到了呈贡洛羊火车站后，还要骑马才能回到"默庐"。几乎每次回家，都会有几位朋友同行，自然来得最频繁的还是那"三剑客"。而最受孩子们欢迎的就是那位风趣幽默的罗常培先生了。冰心在回忆文章里说："……在每个星期六的黄昏，估摸着从昆明开来的火车已经到达，再加上从火车站骑马进城的时间，孩子们和我就都走到城墙上去等候文藻和他带来的客人。只要听到山路上的得得马蹄声，孩子们就齐声地喊：'来将通名!'一听到'吾乃北平罗常培是也'，孩子们就都拍手欢呼起来。"

我总是羡慕像冰心这样的女子，才情兼备，优雅与智慧融于一身，她的出场可以惊艳了时光，她走过的地方都让人铭记。她笔下的文字，如一条不老的泉流，漫过岁月，深深浅浅，缠缠绵绵。荒老的"华氏墓庐"，因栖居过这样一位才华横溢的女子，而变作诗意的"默庐"，成了后人心中一道文化的象征。冰心给昆明留下的，不只是关于"默庐"的故事。每当呈贡中学的学生唱起那一首校歌："西山苍苍滇海长，绿原上面是家乡。师生济济聚一堂，切磋弦诵乐未央。谨信弘毅校训莫忘，来日正艰难，任重道又远，努力奋发自强，为己造福，为民增光。"他们就会回忆起半个多世纪前，为他们写下校歌歌词的那个女教师，想起冰心一款长旗袍，站立于教室讲台前为他们讲课，语气柔和，循循善诱。呈贡中学的校训"谨信弘毅"亦是冰心题写的，这表明了她对教育投入的信心和决心。

　　几十年后，呈贡中学的学生来看望住在北京的冰心，冰心已经是一位满头白发的老人了。看到当年十二三岁的学生如今也都年过半百，不禁感怀光阴如流水。有人告诉她，呈贡已成了鲜花之乡，培植出了许多山茶、杜鹃、康乃馨、非洲菊，远销海内外。冰心说：那儿一定更美了，可惜我如今走不动了……

　　每一个人都会爱上自己走过的路，回首过往岁月，酸甜苦辣历历在目。无论这段路崎岖或者平坦，都留下了自己一个一个坚实的脚印。我们不仅爱它的欢乐，也爱它曾带给自己的酸辛，痛苦的事早就原谅，幸福的事已经暖了自己的灵魂。人生所经之处，起起伏伏，幸而总有一块地方承担你的不幸，抚慰你的伤痛，风化你的悲伤。对于冰心，昆明就是如此。昆明接受了一个因痛失北平而精神落魄的女子，它以最和煦的阳光和最灿烂的鲜花迎接一个注定与它相逢的女子。而冰心的到来也为这座美丽的城市多添了几分妩媚，原来，一座城可以安养一个人，一个人亦可温暖一座城。怪不得有人说，爱上一座城，是因为城里有个人。我想，我们爱上昆明，爱上"默庐"，也许是因为爱上了冰心，爱上了这个说着："我们心里带着永在的春天，成群结队地在祖国的各个角落里，去吵醒季候上的春天。"的暖意女子。

陪都潜庐伤山城

我总认为，世界上没有绝对的乐观主义者。人的内心，往往拥有一种与生俱来的惶恐与不安，这种不安兴许是对环境刺激本能的知觉和防范。就像一朵花，在朝向太阳开放的时候，必定也投下一半阴影。冰心就是那朵向阳开放的花朵，然而，她依旧是多愁善感的。安居昆明的冰心虽生活惬意，却无不为战争发愁。她总是隐隐地感知某些不幸的事情要发生，她的这种感觉在日本人隆隆的炮火声中变得日益强烈。自她离开北平，"恨了这美丽尊严的皮囊，躯壳！""回顾这尊严美丽，瞠目瞪视的皮囊，没有一星留恋。"可是，当她想到自己的父亲还留在北平，想到他已经年过花甲，亟须唯一的长女留在身边照顾的时候，她的不安、愧疚就在心头纠缠。就在这种强烈的预感中，她收到大弟的来信，父亲病重，病危，再来信，父亲去世，至爱一生和崇拜的父亲竟是在这样的情景中离去，连临终的孝道都没有尽到，这让冰心悲痛万分。她凝视着大弟为涵寄来的父亲灵堂的照片，四处摆放的花圈，挽联上写着："五十年矩范曾亲老见沧桑别有伤心羁燕市/百千里噩音忽至生前论功业不堪回首话楼船。"同时，大弟为涵还请人代吴文藻拟有一副挽联："分为半子情等家人原道那堪闻噩耗/本是生离竟成死别深闺何以慰哀思。"冰心早些年失去了母亲，如今父亲又不辞而别，从此她便是世界上无父无母的孤儿了。

父亲去世的噩耗让冰心痛苦难当，可愈是悲痛，她就愈发充满了力量。她这朵一半向着阳光一半开在阴影中的花朵，纵使"零落成泥碾作尘，唯有香如故"。只是，她再也不能沉默地待在"默庐"，再也无法平静地欣赏山间景色了，她要起来作更坚决的斗争！而恰在此时，吴文藻的英庚款人类学讲座受阻，研究停止，讲座开不下去，在重庆工作的顾一樵、浦薛凤等人来信，动员他去重庆国防最高委员会参室工作。

冰心和吴文藻在昆明居住了两年，这两年时光让冰心感到惬意而满足。如果没有战争，也许她渴望一直就这样待在昆明，相夫教子，教书育人。可是炮火无情，战争残酷，她虽有满腹才华，一腔热血，却无法凭着一个弱女子的微薄之力去阻止战争，改变历史的进程。在那个动乱的战争年代，无论她多么想要安稳，也只能跟着人群颠沛流离地行走。这一路，任何的落脚处都是人生驿站，昆明亦如是。冰心可以把它当作自己灵魂的故乡，却不能奢求在那里安身立命。她亦明白，人的生命本就是一个流浪的过程，不到生命尽头，就不能结束这样的旅程。其余的时间里，我们都是人间的过客。

离开昆明的冰心，带着眼泪、心痛，和吴文藻一起受邀奔赴重庆。

刚来到重庆，由于住房资源紧张，冰心和吴文藻暂时住在老同学顾一樵的"嘉庐"里。此时的顾一樵是国民政府教育部政务次长，吴文藻被分配到国防最高委员会参事室工作。

重庆的城市面貌和昆明实在不同。昆明有像北京一样蔚蓝的天，有像北京一样和煦的阳光；重庆这座山城，则常常是雾，常常是雨，再加上老是爬不完的上上下下的台阶。还有许多令人一望便会触目惊心的断壁残垣，在碎石烂木中间，大火燃烧的痕迹仿佛是涂抹的墨黑的颜色，这是几个月前日本侵略军的狂轰滥炸给重庆人民留下的灾难的印记。

后来，冰心与吴文藻住在了重庆郊区的歌乐山，歌乐山上的住所是一座土房，条件十分简陋：

> 大小只有六间屋子，外面看去四四方方的，毫无风趣可言！
> 倒是屋子的四周那几十棵松树……把房子完全遮起，无冬无夏，
> 都是浓阴逼人。房子左右，有云顶兔子二山当窗对峙，无论从哪
> 一处望，都有峰峦起伏之胜。房子东面松树下便是山坡，有小小
> 的一块空地，站在那里看下去，便如同在飞机里下视一般，嘉陵
> 江蜿蜒如带，沙磁区各学校建筑，都排在眼前。隔江是重庆，重
> 庆山冈上是南岸的山，真是"蜀江水碧蜀山青"，重庆又常常阴
> 雨，淡雾之中，碧的更碧，青的更青，比起北方山水，又另是一
> 番景色。

那时候，吴文藻仍借住在重庆顾一樵的"嘉庐"里，冰心带着三个孩子以及保姆富奶奶一起上了山。为了照顾富奶奶，冰心还把她的一家接到了重庆，让他们团聚。一座云遮雾绕的山，三间低矮的土房，却让冰心又一次回归到了本真的自我。自始至终，她都在寻找一片远离纷争的土地，只愿做一个淡泊宁静的女子。她把歌乐山上的土房诗意地称作"潜庐"，寓"潜藏"和"静伏"之意。在潜庐里，常常是安静的，"孩子们一上学连笑声都听不见。只主人自己悄悄地忙，有时写信，有时记账，有时淘米，洗菜，缝衣裳，补袜子……"生活琐碎而庸常。只是每逢周末，吴文藻带着三朋四友上山来，才会热闹一番，客人下山，吴文藻上班，潜庐又静了下来。

有时候，愈发寂静的环境愈发让人感到焦躁。似乎与世隔绝的歌乐山，却无法阻止冰心去想象外面的世界。毕竟，这是一个战乱的年代，中国的百姓们都处在水深火热之中啊！

住在歌乐山的冰心，躲不掉敌机轰炸的灾难。当一群一群的轰鸣着的日军轰炸机，从"潜庐"的屋顶上飞过，惊醒了她熟睡着的孩子们的时候，她是多么的希望，自己柔弱的手里，也能握上一杆钢枪啊！她在刚刚

来到重庆之后不久的这一年除夕，写了一首名叫《鸽子》的诗：

砰，砰，砰，

三声土炮；

今日阳光好，

这又是警报！

我忙把怀里的小娃娃交给了他，

"城头树下好藏遮，

两个孩子睡着了，

我还看守着家。"

驮着沉重的心上了小楼，

轻轻地倚在窗口；

群鹰在天上飞旋，

人们往山中奔走。

这声音

惊散了隐栖的禽鸟，

惊散了歌唱的秋收。

轰，轰，轰，

几声巨响，

纸窗在叫，

土墙在动，

屋顶在摇摇的晃。

一翻身我跑进屋里，

两个仓皇的小脸，

从枕上抬起：

"娘，你听什么响？"

"别嚷，莫惊慌，

你们耳朵病聋了，

这是猎枪。"

"娘，你头上怎有这些土？

你脸色比吃药还苦。"

我还来不及应声，

一阵沉重的机声，

又压进了我的耳鼓。

"娘，这又是什么？"

"你莫作声，

这是一阵带响的鸽子，

让我来听听。"

檐影下抬头，

整齐的一阵铁鸟，

正经过我的小楼。

傲慢的走，欢乐的追，

一霎时就消失在

天末银灰色的云堆。

咬紧了牙齿我回到屋中，

相迎的小脸笑得绯红，

"娘，你看见了那群鸽子？

有几个带着响弓？"

巨大的眼泪忽然滚到我的脸上，

乖乖，我的孩子，

我看见了五十四只鸽子，

可惜我没有枪！

　　家里只靠吴文藻一个人的薪水供给家用，生活窘迫，吃饭都成了问题。一面是忧思满怀地想着抗日，一面是营养不良造成的身体虚弱，让冰心连连得病，然而，她都坚强地挺了过来。倒是吴文藻，因劳累过度，患上了严重的肺炎，险些被病魔打倒。冰心这样详细地记录道：

> 我记得1942年春，文藻得了很重的肺炎，我陪他在山下的"中央医院"也就是"上海医学院"的附属医院，住了将近一个月，他受到内科钱德主任的精心医治，据钱主任说肺炎一般在一星期内外，必有一个转折期，那时才知凶吉。但是文藻那时的高烧一直延长到十三天！有一天早上护士试过了他的脉搏，惊惶而悄悄地来告诉我说"他的脉搏只有三十六下了"，急得我赶紧跑到医院后面宿舍里去找王鹏万大夫夫妇——他的爱人张女士是我的同学——那时我只觉得双腿发软，连一座小小的山坡都走不上去！等我和王大夫夫妇回到病房来时，看见文藻身上的被子已被掀起来了，床边站满了大夫和护士，我想他一定"完"了！回头看见窗前桌上放着两碗刚送来的早餐热粥，我端起碗来一口气都喝了下去。我觉得这以后我要办的事多得很，没有一点力气是不行的。谁知道再一回头看到文藻翻了一个身，长长地吁了一口气，迸出一身冷汗。大夫们都高兴地又把被子给他盖上，说"这转折点终于来了！"又都回头对我笑说"好了，您不用难过了……"我一面擦着脸上的汗说"你们辛苦了，他就是这么一个人，什么都慢！"

患难夫妻百事哀，可冰心从没有因此抱怨什么。在吴文藻生病的一个多月里，她寝食难安，身心交瘁，却默默坚持着。当吴文藻的病情有了起色之后，他们便搬回了歌乐山。

回家后，正好是五一节，大女儿吴冰的生日。她向爸爸妈妈诉苦说富奶奶只给她吃了一个上面插着小蜡烛的馒头，夫妻俩听罢只能苦笑着。这时吴文藻躺在家里床上，看到爬到他枕边的、穿着一身浅黄色衣裙、发上结着一条大黄缎带的小女儿吴青（这也是富奶奶给她打扮的），脸上却漾出了病后从未有过的一丝微笑。

幸而，无论走到哪里，冰心和吴文藻都有一帮好朋友。吴文藻的朋友、冰心的朋友都是他们共同的朋友。有朋友在，即使再艰难的岁月，他们都能挺过去。初上歌乐山时，浦薛凤还为潜庐的主人写了一首诗："眼看乾坤一掷争，不辞万里作长征。文章早定千秋价，经济方驰四海名。买得新居更放胆，来寻旧雨尽多情。山中应有故园梦，汉月清华照燕京。"后来，因浦薛凤被蛇咬伤住院，冰心和吴文藻都去探望他，冰心看到病房中含苞待放的水仙花，填词一阕《赠逖生病中，调寄浣溪沙（水仙）》："寄托闲情到水仙，病中心绪阿谁边。拥衾无语看炉烟。微步凌波应解舞，生尘罗袜亦翩跹，不输梅蕊占春先。"后浦薛凤出院，因其一人在重庆，遂吴文藻将他接到歌乐山静养，由冰心精心照顾。那时候，潜庐的窗外红梅正开，浦薛凤就以红梅为题，步韵奉答冰心："影里红梅梦里仙，依稀地角又天边，思丝如水复如烟。飞燕娇嘘添馥郁，贵妃醉酒更翩跹，甜香秀色百花先。"就是这样一来一回的唱和，给紧张的战时生活添了一道闲谈的话题，彰显了文人之间的美好情怀。

抗战开始后，梁实秋也来到了重庆，并且在北碚与吴景超、龚业雅夫妇共同合租了一座民房，取名为"雅舍"，可以算是苦中作乐。就是在这所房子里，他写出了有名的小品文《雅舍小品》。冰心自然也会到梁实秋的"雅舍"做客，写诗、喝酒，随意自在。那时候，和冰心结交深厚友谊的当属另一位好友——老舍。老舍常常上歌乐山，喜欢坐在潜庐的"力构小窗"下，和冰心谈论抗战文艺界的事情，也喜欢和冰心的孩子们玩。孩子们喊着"舒伯伯来了"，问这问那，围着他给自己讲故事、说笑话，逗个不停。他每次上山来，手里总是拿着一包花生或瓜子，全部分给冰心的孩子们，冰心只要求每人吃两颗，老舍就插话："不行不行，要说二十个两百个。"

风趣幽默的老舍给潜庐带来了欢声笑语，给困顿的冰心和吴文藻一家带来了喜悦。他曾书赠冰心夫妇一首诗："中年喜到古人家，挥汗频频送好茶。且共儿童争饼饵，暂忘兵火贵桑麻。酒多即醉临窗卧，诗短偏邀逐句夸。欲去还留伤小别，阶前指点月钩斜。"

当冰心病卧歌乐山的时候，老舍陪着郭沫若、冯乃超等人上山探望。看着这个虚弱而坚强的女子，郭沫若为冰心题了一首五律，道出了冰心当时生活的情境和心境，是对她的人格和文格极为真切的写照：

怪道新词少，病依江上楼。
碧帘锁雾霭，红烛映清波。
婉婉唱随乐，殷殷家国忧。
微恋松石瘦，贞静立山头。

文风一转成男士

"男士"当然是笔名，究竟是谁，无法考查。但据"文坛消息家"说，作者便是大家熟悉的冰心女士。从题取笔名的心理着想，也许是真的。现在假定他真，那末，冰心女士的作风改变了，她已经舍弃她的柔细清丽，转向着苍劲朴茂。

——叶圣陶

喜欢读冰心的文章，因为读她的文字总让人满心温暖，甚至无法让人想起，她是那么一个体弱多病而又历经坎坷的女子。无论是在昆明的"默庐"里闲居，还是忧居在重庆的"潜庐"，她都是一个诗意而充满快乐的女子，尽管这种快乐里也带着小小的哀伤。有人说，作家写作是为了弥补无法满足的现实，而冰心不仅用文字打造了一个她渴望得到的纯爱的世界，也一直用她那副纤弱的肩膀承担着历史与生活给她带来的负荷。她的性格是斑斓的，就像一杯透明的水，掺杂了五颜六色的阳光，虽温柔却不乏阳刚。她自己曾经说过：女人有三美。一是乍看美，越看越不美；二是乍看不美，越看越美；三是乍看美，越看越美。以外貌来看，冰心算不得美女，然而从她的文字中，我们确信她有着细腻绵软的感情，有着一个春花灿烂般的内心世界，她大概就是那一类越看越美的女人。一个越看越美的女人，必定是智慧的，一个有智慧的女人值得我们一品再品，一个有智慧的女人写出的文字值得我们一读再读。

所以，我喜欢冰心的作品，尤其让我感到惊喜的是，作为一名女性作家，她不仅擅长用女性的视角去看待世界，而且能够以男性的立场来观察女人。于是，就在重庆的忙与挤中，这位向来偏爱宁静与闲适的女作家恰巧萌生了创作的灵感。她产生了一个独特的想法，以"男士"署名来写一组《关于女人》的文章。《关于女人》一共写了十四个女人的故事，要用自己这片"淡薄的云，来烘托着一天晶莹的月"。她偏爱女人，那些从小到大在她的生命里出现过的女人，尽管身份不同，地位不同，有给人当"老妈子"的奶娘，有给人做杂活的"粗妇"，也有才华横溢的才女，还有极富才能的"交际花"，她们都拥有善良、能干、忍耐的特点。她们没有张爱玲笔下的尖酸刻薄，没有琼瑶笔下的卿卿我我，更没有张小娴笔下的直来直去。她们都安安稳稳地过着属于自己的日子，她们的故事都是平平静静地开始，平平静静地结束。她们"既不是诗人笔下的天仙，也不是失恋人心中的魔鬼"，她们比男人更温柔，也更勇敢；更活泼，也更深沉；更细腻，也更尖刻……

她说：世界上若没有女人，这世界至少要失去十分之五的"真"，十分之六的"善"、十分之七的"美"。冰心以一位女性作家的身份站在历史的舞台上，用自己隽秀的文笔代表弱势的妇女喊出了她们的心声，她笔下那一个又一个女人身上的闪光点何尝不是冰心个人的浓缩。

翻开《关于女人》，你会感到书中的女人那股积极向上的力量，乐观通达的生活态度，那种自我修复生命的顽强力量。

冰心对女人的见解是深刻且全面的，在她之前，也从没有一个人像她那样系统地谈论女人。而就在这时，我们可以看到她的文风也发生了转变，由一个徜徉在浪漫世界中的女孩变为一个理性、成熟、睿智的女性，牢牢地建构了自己的世界观，并且有力地证实了它，这无不和她自身的阅历有关。尽管，冰心是以一种极为诙谐、轻松的笔调来写《关于女人》的，但她当时的生活却是十分艰难的。为了解决生活上的燃眉之急，她答应给吴文藻老同学在重庆主编的《星期评论》撰稿。用后来冰心自己的话说："我那时，1940年至1943年经济上的确有些困难，有卖稿的必要（我们就是拿《关于女人》的第一篇稿酬，在重庆市'三六九'点心店吃的1940年的年夜饭的）。"（冰心：《关于女人》三版自序）于是，在《星期评论》的第一篇文章，题为《我最尊敬体贴他们》。这篇文章署名"男士"，是冰心为自己取的一个别致有趣的笔名。她说："这几篇东西不是用'冰心'的笔名来写，我可以'不负责任'，开点玩笑时也可以自由一些。""这就好像一个孩子，背着大人做了一件利己而不损人的淘气事儿，自己虽然很高兴，很痛快，但也只能对最知心的好朋友，悄悄地说说。"（冰心：《关于女人》第三版序）

冰心假托的这位"男士"是一个四十岁左右的中年男子，而且是一个"条件"很好的男子——他有着很好的工作，有着很好的家庭背景，还有点儿名气，却尚未娶妻，是个"超大龄未婚男子"。聪慧的冰心，她在这部系列创作的一开头，就别出心裁地引用了曹雪芹《红楼梦》里的一段话，作为该书的《抄书代序》："……风尘碌碌，一事无成。勿念及当日所有之女子，——细考校去，觉其行止识见，皆出我之上。我堂堂须眉，诚不若彼裙钗，我愧则有余，悔又无益，大无可如何之日也！当此日欲将以往所赖天恩祖德，锦衣绣袴之时，甘餍肥之日，背父母教育之恩，负师友规训之德，以致今日一技无成，半生潦倒之罪，编述一集，以告天下。知我之负罪固多，然闺阁中历历有人，万不可因我之不肖，自护己短，一并使其泯灭也。故当此蓬牖茅椽，绳床瓦灶，未足妨我襟怀；况对着晨风夕月，阶柳庭花，更觉润人笔墨；我虽不学无文，又何妨用假语村言，敷衍出来，亦可使闺阁昭传，复可破一时之闷，醒同人之目，不亦宜乎？……"既借用了曹雪芹这个男人的笔，表达了女作家自己创作诸篇的谐谑笔调；又借用"何妨假语村言"这样的词句，含蓄地表明了女作家的真实身份。

在1941年这一年里，冰心从1月至12月，接连地为《星期评论》写了九篇《关于女人》的文章，它们的题目是：《我最尊敬体贴的她们》《我的择偶条件》《我的母亲》《我的教师》《叫我老头子的弟妇》《请我自己想法子的弟妇》《使我心疼心痛的弟妇》《我的奶奶》《我的同班》。《关于女人》的九篇作品发表后，受到了文化界和读者的热烈欢迎。又于1943年断断续续完成了《关于女人》的后七篇：《我的同学》《我的朋友的太太》《我的学生》《我的房东》《我的邻居》《张嫂》《我的朋友的母亲》。天地出版社出版了《关于女人》一书，在当时出版业不景气的情况下，这本书却一版再版，在重庆市场上即为走俏，一时间洛阳纸贵。手里拿到的那笔微薄的稿费，让冰心一家总算熬过了年关。

谈起冰心的《关于女人》，我们自然要想起她的另外一本书的名字，叫作《关于男人》。不知是为了与她在20世纪40年代所写的《关于女人》形成了一个补充，还是由于年代的变迁，她对生活的看法也产生了改变。一向乐衷于描写女人的冰心，在20世纪80年代开始写女人的对立面——男人。她在书里这样写道："我这辈子接触过的可敬可爱的男人的数目，远在可敬可爱的女子之上。对于这些人物的回忆，往往引起我含泪的微笑。"这些可敬可爱的男人不仅包括她的父亲、舅舅、老师还有她所敬佩的萨镇冰将军、叶圣陶老人，以及毛主席、周总理、廖公和她的朋友：老舍、勒以、郑振铎、罗莘田、郭公、张天翼、李季……甚至只有一面之缘的面人郎和十三陵水库的饲养员张新奎，和"小男人"——"十三陵工地上的小五虎"等。

然而，在她的《关于女人》一书中，她对男人是颇有"微词"的。如在《我的择偶条件》里，冰心即描写了无一技之长的男士，却对自己的择偶条件苛刻地提出二十六条之多，如"因为我是学文学的，所以希望对方至少能够欣赏文艺"，"因为我是将近四十岁的人，所以希望对方不在二十五岁以下"，"因为我自己是个瘦子，所以希望对方不是一个胖子"，"因为我自己不搽润面油、司丹康，所以希望对方也不浓施脂粉，厚抹口红”，“因为我自己从未穿过西装，所以希望对方也不穿洋服——东方女子穿西服，十个有九个半难看！”对于这样的男人，冰心就问他，你自己是否具备这些条件？要得到美女，先看看你自己是否帅哥，要别人有修养，先要知道你是否不粗俗。倘若一个女子不幸被婚姻征服了，那么事业与婚姻两根绳索，就能把这个女人绞死！男人则不管这些，请同事吃饭时，倘若一切准备就绪就好，倘若饭生菜不熟，丈夫就以责备的眼光看着太太，太太则以抱歉的眼光看着客人，冰心则以悲悯的眼光看着天。冰心说：“丈夫和太太应该以抱歉的眼光对看。”她对男人的批判，只是出于对女子不公平的待遇的同情，并且想要呼吁“男女平等”这样的新思想。更确切地说，她不是针对男人，而是针对社会制度、社会现象提出的批评。任何观念的产生都有它一定的历史背景，冰心的写作切中时弊，无形中是对社会生活的高度概括和反映。

写《关于男人》的时候，冰心已经九十岁，到了“行将木就”的年龄，然而她说还是要写下去。她之所以要写下去，我想，是因为她这辈子经历了太多事，“几十年来我的人际关系中的悲欢离合，生死流转，我一般不愿意再去翻看，因为每次开卷都有我所敬爱眷恋的每个人的声音笑貌，栩栩地涌现在我的眼前，使得我心魂悸动”！这样的感觉是年轻的我所不能体会的，她拥有的记忆远远超出我的想象力。打开书本，合上书本，也许，我们只用了一天时间，就可以一口气把它读完，要读完一个人的一生是容易的。可是，个中滋味只有作者本人知道，一如曹雪芹写《红楼梦》：“满纸荒唐言，一把辛酸泪。都云作者痴，谁解其中味。”一个人的一生，短短几十年，不算长，漫长的是藏在光阴里的那些如涌的情感。冰心大概就是这样的吧，她怕触碰的是那些早就烟消云散的人脸，那些历历在目的往事，那些悲喜交加的生动画面，那些注定会随着她的离去被带走的百年孤独。这些记忆，一旦触碰就像开了一个巨大的闸口，再也无法让人平静。而她依旧用十分平静的笔调来记录自己的回忆，好像她的记忆里面都充满了光，像一个未曾涉世的小女孩对这个世界抱着极大的期望。

当我们捧起她的这些书本，我们没有感到丝毫记忆的残忍和痛苦。她回忆她的祖父，为人处事处处体现一个"儒者"与人为善的品格；回忆协和女子大学的管叶羽先生，他那一件整洁的浅蓝布长褂，一副严肃而又慈祥的仪容。冰心把这些缓缓道来，散发着温馨的气味。无论怎样，冰心的记忆虽然庞杂却是美的，她总是自动剔除掉污秽，把纯净的美好的心灵留给了读者。她执着地相信，世界充满了爱。

访问印度与美国

愿你生命中有够多的云翳，来造成一个美丽的黄昏。

——冰心

1943年2月，以当时的教育部政务次长顾一樵为团长的"中国访问印度教育代表团"访问印度。吴文藻病愈后不久，便随团去印度考察民族和宗教问题。

在印度，代表团参观了位于孟加拉省的泰戈尔的故乡。泰戈尔的故乡圣蒂尼克坦是一个美丽而宁静的村庄，"高大的杧果树果实累累，盛开的木棉花如火似霞。河水淙淙弹奏着美妙的琴弦，鸟鸣婉转在传送学人的歌声"。吴文藻站在圣蒂尼克坦绿色的草坪上，望着远处的高山，缅怀这位两年前逝去的和平主义者。他对泰戈尔的理解，与冰心有所不同，冰心从爱与美的角度走进泰戈尔的世界，而吴文藻想到的是这位伟人对印度文化与民族精神的贡献，一个泰戈尔，就是一个印度，你可以不到泰戈尔的故乡，但你只要读过泰戈尔的作品，你就是领略到了印度、印度的文化、印度的哲学与精神。

在圣蒂尼克坦，吴文藻所在的代表团还参观了由泰戈尔创办的世界著名的国际大学。学校为了表示对中国客人的尊敬和欢迎，特地在大学的露天戏台上演了泰戈尔的剧作《齐德拉》。国际大学艺术院院长布斯的绘画作品极其名贵，价值极高，当时他已年逾七旬，平日不轻易动笔，这回在他弟子的恳愿下，还在中国客人面前完成了一幅作品，吴文藻从中领会到艺术创造的神奇。

在海特拉邦，代表团参观了奥斯曼尼大学的校舍，吴文藻说，该校舍面积之庞大，建筑之宏伟，在世界上也是有数的，这是一座"外表尚美观，内部重实用，一切近代设备，皆应有尽有"的大学。吴文藻会见了印度的两位哲学家：拉达克立希南与耿达柏，与他们就当代哲学思想交换了意见；会见了在世界学术界有着重要地位的植物生理学家布斯与诺贝尔科学奖获得者、物理学家雷门，吴文藻说，他们见到雷门教授多次，他在印度科学研究院任职，雷门带他们参观了这个科学院，足足费了半天的功夫，还只是看了一个大概，其规模之大，可想而知。代表团还特地参观了当时世界第五钢铁厂，设在别哈尔省的塔塔钢铁厂，这个厂还有若干名广东的工人，在修理机器的部门工作，起了很重要的作用。

这是一次深入而全面的考察，吴文藻对印度以宗教为基本社会形态的情况不仅收集了官方的统计、宗教社团提供的资料，而且进行了具体个案的考察："印度人在初次见面的时候，不像中国人的习惯要询问你是某省某县人。籍贯在他们看来，是不重要的。最重要的是属于哪一个宗教团体。所以他们的民族集团是以信仰为基础，也就是以宗教为标准。"吴文藻亦考察了印度的咔斯德制度，即等级制度：不属于同一等级的人，不相往来，不得通婚等。吴文藻认为："这点若从现代的眼光来看，无疑的，是人民团结的一大障碍。"在代表团回国后，吴文藻在中央文化运动委员会上做过《印度的社会与文化》的演讲："我着重考察了印度的民族问题和教族冲突问题，为国内研究民族和宗教问题提供参考资料。"（《吴文藻人类学社会学研究文集》，第283页）

1944年年底，世界反法西斯战争取得了决定性的胜利，日本侵略军发动的太平洋战争也进入尾声。反法西斯联盟国在美国召开了太平洋年会，讨论处理对日本方案。吴文藻随西南联大校长蒋梦麟率领的代表团出席了这次会议，这给吴文藻提供了较早的机会接触到对日处理的问题。吴文藻当时并没有想到，两年之后，他自己就成为处理日本投降的中国驻日代表团的成员之一。

1945年1月至4月，吴文藻利用在美逗留期间，从东部到西部，访问了一些重要的大学与著名学者。他访问了哈佛大学社会学关系系，重访了商学院，又访问了芝加哥大学社会学系与人类学系。回到母校哥伦比亚大学，与人类学系的老师与朋友进行了深入的交谈，了解到他们战时与战后的研究动态与计划。吴文藻说："总的收获是了解到了行为科学的研究已从社会关系学发展到了以社会学、人类学、社会心理学三门结合的研究。"（《吴文藻自传》，16页）

吴文藻在费城再次与赛珍珠取得了联系，这是继上次与冰心同访赛珍珠后，第三次拜访这位对中国有特殊感情的美国作家。

吴文藻于1945年5月6日回到重庆。

1945年8月，中国抗日战争胜利。战争结束的电讯，像旋风似的，迅速地传布到中国的每一个角落。冰心是在四川的一座山头，望着满天的繁星，和山下满地的繁灯，听到这盼望了八年的消息！在这震撼如狂潮之中，经过了一阵混乱的沉默，就有几个小孩子放声大笑，有几个大孩子放声大哭，有几个男客人疯狂似的围着冰心要酒喝！

在这一片欢腾中，只有冰心一个人没有笑，没有哭，也没有喝酒，她一直沉默着。在重庆的那段难忘的生活，使她了解了许多过去不曾了解的事实，明白了许多过去不曾明白的道理。冰心和吴文藻开始认真地考虑战后的去向问题。

抗战胜利后，在川的老朋友们都纷纷离开了：老舍应美国文化委员会之邀，赴美一年；顾一樵走了，他先回了上海，准备出洋；赵清阁走了，他也回到上海……

冰心也只能下山了，但她对潜庐有着特别的感情，在她决定搬离之时，觉得加倍的好，卖掉它实在有些不舍。于是，他们决定将潜庐交给保管委员会去管，作周末休息之用！冰心说："我请他们保管，一切依旧。说不定我还会回来。"

当所有人都在离开重庆的时候，冰心却想着留下来。她是一个那么恋旧的女子，哪怕只是歌乐山上的三间土坯房，也让她视如珍宝。

1945年底，冰心和吴文藻辗转回到了南京。离开北平整整八年了，物是人非，大弟谢为涵也在贫病交加中去世了。冰心一共有三个弟弟，大弟谢为涵，二弟谢为杰，三弟谢为楫，三个弟弟都是她生命中的星星。作为谢家的长女，冰心精明能干，才华横溢，三个弟弟一生都受到姐姐的庇护。然而，这三个弟弟却都一一早冰心离开人世。后来，冰心在回忆诸弟的文章中说："在写这一篇的时候，我流尽了最后的眼泪！王羲之在《兰亭集序》里说'死生亦大矣，岂不痛哉。'我倒觉得'死'真是个'解脱'，'痛'的是后死的人！我的三个弟弟，从小到大，我尽力地爱护你们。最后也还是我用眼泪来给你们送别，我总算对得起你们了！"

只是，大弟为涵的去世实在太仓促，那时候的他还年轻啊！而他的去世又是在慈父去世后不久，这样接二连三的打击任谁都难以接受。抗日战争爆发后，大弟的生活十分拮据，而且"弟近来亦常发热出汗，疲弱不堪，但不敢多请假，因请假多了，公司取消食粮配给……华妹一定要为我订牛奶，劝我吃鸡蛋，但是耗费太大，不得不将我的提琴托人出售，因为家里已没有可卖之物……一切均亏得华妹操心，这个家真亏她维持下去……孩子们都好，都知吃苦，也都肯用功读书，堪以告慰，但愿有一天苦尽甜来……"冰心干着急，但始终找不到一份工作让弟弟到后方来，就这样，在敌后的一个公司里又挨了四年，她这个最聪明尽责、性情最沉默、感情最脆弱的弟弟，在1944年劳苦抑郁地了此一生！

每当冰心拧开收音机，听到高亢和雄浑的男高音时，她就会想起她的三个弟弟。尤其是她那英年早逝的大弟，悲从中来。大弟十二岁就考上了"唐山路矿学校"，也就是后来的"北京交通大学"。谢为涵不仅学习成绩优异，而且爱好广泛，他在学校结交了一些爱好音乐的朋友，课余又跟一位意大利音乐家学小提琴。从学校回来，就在屋里练琴，星期天他就能连续演奏六七个小时。朋友们来了，他们家的西厢房就弦歌不断。他们不但拉提琴，也弹月琴，引得二弟和三弟也学会了一些中国乐器。谢为楫嗓子很好，就带头唱歌。和弟弟们在一起的早年印象是冰心此生无法忘怀的快乐时光。

生生死死，成了冰心生命中直接面对的话题。在经历了诸多亲人死亡的事实之后，冰心也曾苦苦思索生命的意义。她不敢说"生命像什么"，亦无法窥破生命的真实，但是，她始终以她对生命尊敬的态度坚定地活着。她说："如果人生是乏味的，我怕来生；如果人生是有意义的，我今生已是满足的了。"

她对死亡没有恐惧，认为生死就像四季轮回一样乃是自然的规律，生故欣然，死亦无憾！每个人只要完成了今生的使命，又何必贪恋生呢？所以当冰心豪迈地写下"生命从八十岁开始"的时候，她并没有忘记她的责任，她说："即是老牛破车，也还是要走一段路的"，这样的一段路就是坚持不懈地创作。

虽然，冰心老人活到了九十九岁，她那满脸的皱纹几乎让我忘记了她年轻时候的模样。可是，当我读到她的文字，我总是被悄悄地打动着。我总是把她想象成一个站在美丽黄昏的小女孩，手拿着大把的花束，朝着未来的方向，观望满天云彩。关于她的一切记忆，都是那么舒缓而美丽。

我同时也相信，冰心的心里也有那么一个美丽的黄昏，她和她的三个弟弟，还有她的父亲、母亲，一起站在生命的起点，欢笑。

渡尽劫波情愈浓

冰心与吴文藻

客心似水水似秋

1945年9月2日，日本签字投降后，日本由中、英、美、苏四国共管。各国都派一个军事代表团前往日本。中国政府决定委派朱世明任中国驻日军事代表团团长。朱世明是吴文藻的清华同学，他的夫人谢文秋又是冰心的同窗好友。他邀请吴文藻担任政治组组长的职务，兼任盟国对日委员会中国代表团顾问，出席盟军的会议。为了利用这个机会考察日本的天皇制、新宪法、新政财阀解体、工人运动等情况，原本准备北上到燕大继续教书的吴文藻，接受朱世明的邀请，去往日本。

吴文藻随驻日代表团赴东京，让冰心做好准备，他到那边安排好，就回来接冰心和小女儿宗黎。冰心独自一人携儿女回到北平，在东单新开路大弟媳妇杨建华家住下。抗日胜利后的又一次重逢让大家都感到十分高兴，只是，冰心想到大弟劳苦抑郁而死，丢下弟媳带着五个女儿艰苦度日，不免伤心。

大弟媳妇杨建华是冰心的表妹，大弟为涵与表妹青梅竹马，并且从小就订了亲。这亲事是由她的舅舅亲自向冰心的母亲提的，舅舅对谢母说：

"姑作婆，赛活佛"，冰心的母亲也没有什么意见，这亲事就这样定了下来。冰心的舅母是一个传统女性，总是不让她的女儿与谢为涵多讲话，由于两家隔院而居，这两个人经常抬头不见低头见，倒显得十分生分。冰心便经常做舅母的工作，让她为两个年轻人将来的幸福着想。那时候冰心正要出国留学，冰心的母亲又病体缠身，料理家务感觉到颇费心神，在冰心的撺掇下，大弟谢为涵和她的表妹就完婚了。

结婚那天，大弟的一班朋友都来闹新房，一直到了12点半了新房里还人声鼎沸。最后一定要让新娘笑一笑，他们才肯走。新娘子大概是乏了，也许是生气了，绷着脸就是不肯笑。冰心赶紧找铅笔，写了个纸条，叫伴娘偷偷地送了过去，上面是："六妹，请你笑一笑，让这群小土匪下了台，我把他们赶到我屋里去！"忙乱中新娘看了纸条，在人丛中向冰心点头一笑，大家哄笑了起来，认为满意。

按照现代科学的说法，近亲结婚生下来的孩子都不健康，但是谢为涵和他的表妹杨建华生的五个孩子宗菊、宗仙、宗莲、宗菱、宗梅，一个赛一个漂亮，一个赛一个健康，并且个个都很听话，读书都很用功，又很懂事。

之后，冰心来到复校后的燕大，拜访了司徒雷登。司徒雷登关心地询问冰心一家过去生活的情况，并与之长谈燕大被日本占领后的不幸遭遇。

临走时，冰心把儿子宗生送到灯市口育英中学，把大女儿宗远送到她自己的母校——贝满女中，这样宗生和宗远就留在北京大舅母身边念书。

1946年11月9日，吴文藻站在日本东京的羽田机场，迎接到来的妻子和女儿。战后的日本东京，也是一片满目疮痍的景象。车子奔驰在崎岖的道路上，夜幕沉沉，冰心看到这无际的黑夜底下，隐藏着的是被原子弹轰炸后的废墟。一路上，没有一星灯火，也没有一个行人！即便是到了东京，极目所触的也是荒凉萧瑟，走过人群，那些人的脸上都笼罩着阴霾，显露出那一颗颗因战争而受伤的心。冰心心中充满了对战争的愤怒，对和平和爱的渴望。她后来回忆道："现在回想起来，在东京的一段时间，是我们生命中的一个转折点。文藻利用机会，同美国来日研究日本问题的专家学者以及东京大学、京都大学的同行人士多有接触。我自己也接触了当时日本社会上存在的种种问题，同时也深入地体会了美帝国主义的侵略本性！""痛苦给了我们贵重的教训。最大繁荣的安乐不能在侵略中得到，只有同情和互助的爱情才能共存共荣。"

虽然，冰心到东京的身份是中国军事代表团的家属，没有负责代表团的任何工作。但她的到来，却仿佛鲜艳的花朵引来了东京记者团的如蜂蝶般纷纷地来访和约稿。东京的报纸刊登消息：中国文坛第一流的女作家，享有声望的谢冰心女士最近来日。有的报纸介绍冰心的生平和创作，并刊登了冰心的照片。

冰心不仅把她爱的哲学带给了中国人民，也将它播撒到了她途经的每一块土地。

冰心应《朝日新闻》之约，写了《给日本的女性》一文。某日，在中国代表团接待处，突然来了一位日本农村妇女，说她是看到冰心的《给日本的女性》这篇文章以后，特地从很远的地方来到东京的。

这位日本妇女在接待处工作人员的指引下，见到了冰心。她紧紧地握住冰心的手，极其恳切地告诉冰心，她实在没有想到中国人民如此善良！她痛悔让她的儿子到中国去打仗，这样的战死，实在是一种耻辱！冰心劝慰她，让她冷静下来。她怀着深深的敬意和感激之情，向冰心道别，离去了。

在日本，冰心先后见到了濑尾澄江等三位威尔斯利女子学院的校友。濑尾澄江见到冰心，喜出望外，两人紧紧地拥抱在一起。此时，濑尾澄江已成为东洋史学者三岛一氏的夫人，叫三岛澄江。三岛澄江用英语和冰心交谈，她说，战争把她们分开，音讯全无，她是多么想念冰心啊。1927年从美国返回日本，她就学习了一点中文，准备去中国，但是，"九·一八"事变粉碎了她的美梦。后来还传出冰心逝世的消息，她也是半信半疑。冰心微笑着说，真没想到，谣言居然也传到了日本，害得你为我担心。

从此以后，冰心一有机会，就会请三岛澄江和其他两位校友过来坐坐，吃个便饭，这也算是帮她们改善一下生活。冰心后来把星期四中午定为老校友聚会的日子。家里的厨师也知道，厨师不仅要准备当日的午餐，还要额外准备三份，带回给她们的家人。吴文藻公务在身，但得空也常参加她们的午餐，了解日本人民战后的处境。

冰心夫妇虽然身在日本，也有许多知心的朋友相伴。可他们却心心念念着祖国，毕竟日本只是一个客居之地。夜深人静，他们两人就会谈起国内的情况，偷偷收听解放区的广播，也经常收到国内外朋友的来信，却没有一个是兴高采烈的。

四月的日本开满了樱花，然而冰心说："我始终不爱它，觉得它给我的印象，是单薄，暗淡！"她整晚整晚地失眠，心情极其沉闷、低落：

> 在东京的苦闷不眠的夜晚——相伴我的只有瓦檐上的雨声，纸窗外的月色，更多的是空虚——沉重的、黑魆魆的长夜；而每一个不眠的夜晚，我都听到嘎达嘎达的木屐声音，一阵一阵的从我楼前走过……这是日本劳动人民的、风里雨里寸步不离的、清空而又实在的木屐的声音……"苦难中的朋友！在这黑魆魆的长夜，希望在哪里？你们这样嘎达嘎达地往哪里走呢？"在失眠的辗转反侧之中，我总是这样痛苦地想。（冰心《一只木屐》）

那时候，吴文藻的工作有了闲余的时间，他们离开东京，在日本国内作了一段旅行，希望借此来调理一下身体，缓和一下心情。

在轻井泽，冰心夫妇住了半个月的时间，那是一个十分安静的地方。冰心在此完成了一篇《无题》："在这海和天的后头，牵挂也罢，眷恋也罢，忧愁也罢，都扔在背后了！在这海和天的前头的，欢喜也罢，希望也罢，恐惧也罢，且让它迎面扑来！现在只是一个静默，乏倦，无力的我，隐藏在海天之中，一点微小的空壳里，听任眼前一片一片的影子，滑翔过去——"

从这段文字中我们读出了冰心彼时彼刻的无奈与虚无之感，尽管是在轻井泽那样清幽的环境下，冰心也无法忘记独在异乡的孤独，不能放下心中沉重的负担。希望隐藏在大海之中，做一片无知无觉的影子。人生中总是有那么几个时刻，你希望摆脱一切，远离一切，闭上眼睛，放慢呼吸，做一个清清静静的人儿。

1947年11月，实属思念，冰心和吴文藻托朋友将大儿子宗生和二女儿宗远都接到了日本。宗远和妹妹宗黎一起到东京的国际圣心女子中学念书；宗生进入东京美国中学念初二。宗远课外十分喜欢读老舍的作品，凡是能找到的全部都看过，刚出版的则通过赵清阁从国内购得寄来。看过之后，就给远在美国的舒伯伯写信，说他的小说如何如何好，还说想看到舒伯伯的新书。老舍给宗远写信，还是和以前那样，十分和蔼，十分亲切："你们把我捧得那么高，我登上纽约的百层大楼，往下一看，觉得自己也真是不矮。"有一回给宗黎回信，却是大谈祖国的北平，说自己在纽约，"就像一条丧家之犬"，孩子们读完为老舍幽默形象的话语感到有趣。而冰心却有一股失落和辛酸的感情油然而生。想起在重庆的日子，那样艰苦，可他们都乐观，之所以乐观，那是因为有了一种信念，抗战必定胜利，胜利之后就可好好做事业、做学问、写文章，没有想到抗战胜利后，反倒更加不安定起来。

1948年，冰心应日本东方学会东京支部和东京大学文学部中国文学研究室的邀请，到东京大学讲学。冰心为东京大学学生作了五次讲演，这位知性的中国女作家受到学生的热烈欢迎。讲演所在的35号大教室里挤得水泄不通，可见她在日本的文学影响力之大。冰心从"中国文学的背景""中国旧文学之特性""新文学的产生""新文学的特征"等五个方面给予概括。

在讲到新文学、介绍可读作品时，冰心提到了胡适，她借用他人的话说："西方人说胡适是中国文艺复兴的父亲。他的著作最好都看一看。尤其是《尝试集》，是中国新诗的最初产品，胡适是个学者，所以他的诗是学者之诗，而不是诗人之诗。"

第二个推荐的是鲁迅，她说："还有鲁迅先生，他的思想是最进步的，文笔也极敏锐，他的全集值得一看的。"小说则举巴金、茅盾、老舍、沈从文、丁玲、郭沫若，女作家则推丁玲和苏雪林，说："丁玲是'力'的，苏雪林是'美'的。"诗歌提到徐志摩和闻一多两人，戏剧有田汉、曹禺，说郭沫若的戏剧"如同胡适先生的诗一样，他是诗人的戏曲。"（《怎样欣赏中国文学》《冰心全集》，第三卷）学生听了讲座后，纷纷提出要求，希望把这五次的讲稿结集出版。

正是应了那句老话：是金子到处会发光。冰心来到日本这样一个陌生的国家，一个在政治上与中国敌对的国家，却处处受人尊重。1945年至1951年，她被东京大学聘为第一任外籍女教师，讲授《中国新文学》。除去授课之外，她还应东京大学校刊及日本的妇女杂志之约，断断续续地写了一些短文。如散文《丢不掉的珍宝》，就是应《妇女月刊》之约写的。她的作品《寄小读者》《空屋》《关于女人》等也相继在日本刊出。

1949年12月上旬，冰心和吴文藻收到老舍从美国寄来的一封信。信上，老舍兴奋地告诉他们中华人民共和国成立的消息，还说自己整装待发，准备回国。老舍离开美国，途经日本横滨，冰心夫妇相偕到横滨港迎接。三个好友见面，分外开怀，对新中国的未来充满了信心。吴文藻决定马上回国。

风尘仆仆归祖国

这个时候，美国耶鲁大学聘请吴文藻去当教授，给他寄来了聘书和路费，并安排他全家赴美。此后，他们就公开宣布要到美国去教书。

其实，冰心夫妇并没有去美国的意思，当初朋友希望他们把儿子宗生送去美国学习，他们就没有同意，现在面临着他们自己去美国，而且还要把两个女儿带去，这就关系到两个女儿今后的前途问题。他们不愿意看到她们将来成为"白华"。

一切准备就绪，冰心、吴文藻、宗远、宗黎从横滨登上一艘印度客轮，默默地等待着起锚开航。冰心倚扶在船栏上，向前望去："淡金色的夕阳，懒洋洋地停在长方形的海面上。两边码头上仓库的灰色大门，已经紧紧地关起了。一下午的嘈杂的人声，已经寂静下来，只有乍起的晚风，在吹卷着码头上凌乱的草绳和尘土。"（《一只木屐》）

在苍茫的夜色中，冰心看到"离船不远的水面，漂着一只木屐，它已被海水泡成黑褐色了。它在摇动的波浪上，摇着、摇着，慢慢地往外移，仿佛要努力地摇到外面的大海上去似的"。望着象征着日本劳动人民的木屐，冰心心中一种特殊的离愁别绪涌了上来："啊！我苦难中的朋友！你怎么知道我要悄悄地离开？你又怎么知道我心里丢不下那些把你穿在脚下的朋友？你从岸上跳进海中，万里迢迢地在船边护送着我？"（《一只木屐》）

吴文藻和冰心以及两个女儿搭乘的印度客轮在香港停靠后，国内的有关人员前来接船。当时香港移民局对过往人员控制很严，必须有人担保，方可入境。有关方面请了已经定居香港的原燕大国文系主任马鉴先生出面担保，马鉴先生便让他的儿子马蒙前去办理了有关手续，海关才予以放行。

在国内有关机构的安排下，他们经深圳、广州，抵达天津，在马场道和罗斯福交叉路口的一座三层小洋楼住了下来。当获悉他们在日本所做的工作以及他们一家回国都是在周总理的指示安排下进行的，吴文藻兴奋得不知如何是好，冰心的眼里也充满喜悦、感激的泪水。

几经周折，险象迭生。1951年8月23日，冰心一家回到北京，在党中央和人民政府的安排下，他们住进了东单洋溢胡同7号的一座四合院。这座四合院既宽敞又美观。进门沿着西厢房向北就是坐北朝南的五间正房，最西侧的一间是吴文藻、冰心的卧室，最东侧的一间是宗远、宗黎的卧室。中间的三间用作书房、客厅和餐厅。房前两侧花坛各一个。西厢房一间是孩子们的书房，另一间是堆房。

新生活就要开始啦，冰心换下了一身旗袍，穿上了双排纽扣的列宁服，吴文藻则换上中山装。两人皆精神抖擞，容光焕发。在安全部同志的安排下，他们参观、游览了北京的名胜古迹。这时候的北京呈现出一派生气蓬勃的景象，万象更新。冰心说，北京"尘土飞扬的街道和泥泞的小胡同不见了，大街小巷开始铺上柏油。人力车没有了，代之以川流不息的公共汽车和其他种种的汽车。天安门上是装修过的红墙黄瓦，金碧辉煌。以后的几年里，灰色的城墙拆除了，只留下壮观的前门和箭楼。人民大会堂和历史博物馆建起来，石板覆盖的天安门广场也开阔了。在天安门前的观礼台上，我曾观看过整齐雄壮、旗帜飘扬的国庆游行队伍和阅兵仪式。在天安门城楼上我参加过反对帝国主义，支持受侵略、受压迫民族的群众大会……这些盛况是我年轻时代所梦想不到的。"

通过组织的联系，冰心和吴文藻最想念的几位老朋友，潘光旦、费孝通、郑振铎、老舍以及罗常培都相继来到洋溢胡同。他们都成了各自领域中建设新中国的一支强大的力量，冰心也加入了新中国的文艺队伍。

1952年初夏的一个夜晚，周总理派秘书罗长青把冰心和吴文藻接到中南海西花厅，与他们做了长谈。冰心记述道："总理极其亲切地招呼我们在他旁边坐下，极其详细地问到我们在外面的情况，我们也就渐渐地平静下来，欢喜而尽情地向总理倾吐了我们的一切经历。"总理征求他们对今后工作的打算。吴文藻在回国之前，曾考虑过，中国和印度的关系很友好，而他对印度的情况是有一定了解的，如果能将自己派到印度工作，是可以发挥作用的。如果不需要他去印度，他亦愿意回大学教书。冰心还没有具体的想法，只是希望静下心来，为孩子们多写些作品，但他们异口同声，愿意听从党的安排。

总理的平易近人，关怀备至，使他们感动不已，终生难忘。总理还关心他们子女的学校安排，新中国成立后，与许多国家建立了外交关系，和国际交往也会增多，中国需要外语人才，冰心的女儿都学过英语，总理建议她们以后可以继续研究外语。冰心把总理的建议转告了吴冰和吴青，她们原来准备在中学毕业时报考历史和医学的，后来就都选择了外语。1954年秋，吴冰考上了北京大学英语系；1957年秋，吴青考上了北京外国语学院英语系。

尤其让冰心、吴文藻感动的是，总理请他们共进晚餐，竟是家常的小米粥、炒鸡蛋等"四菜一汤"。冰心在《永远活在我们心中的周恩来总理》《一饭难忘》中，一再感念周恩来总理召见和宴请时所给予他们的家人般的温暖，所体现的共产党人的高风亮节。

1953年秋，冰心由丁玲、老舍介绍，加入中国作家协会，并推选为代表。她学习了社会主义现实主义理论，并且对自己过去的创作进行了反思："我过去的创作，范围是狭仄的，眼光是浅短的，也没有面向着人民大众，原因是我的立场错了，对象的选择也因而错了。"

冰心对自己的早期创作进行了否定，但她始终是一个高扬"爱"的主题的作家。只是这个时期，她的创作风格发生了改变，她的文字比以往更凝重，更有历史凝聚感。她所表现的"爱"变为超阶级的爱，它健康、充实，从中包含着高尚的爱国主义情操。这是更高层次上挖掘真善美，以共产主义胸怀看待人生。爱，被冰心赋予了丰富多彩的色彩。冯牧曾为祝贺冰心创作生涯六十周年而写的《真诚的祝福》中提出："这个老人，一生把真善美的情感奉献给了一代又一代青年。"

　　1954年9月，冰心由故乡福建省推选为第一届全国人民代表大会代表，出席了第一次会议。1955年年底，冰心作为全国人大代表，参加了全国人大组织的视察活动，南下到福建前线视察，回到她阔别四十多年的故乡。不仅如此，冰心还多次出国访问，参加人大、文艺界的各种会议。

　　冰心感到那是一段光荣而自豪的日子，虽然她也曾多次出国，可是作为一个国家的代表团，出现在异国友人面前却是第一次。因此，当她从印度访问回来后这样记述：

　　　　我真切感到的是做一个毛泽东时代的中国人的幸福与骄傲！新中国成立以后，在共产党和毛主席领导下的飞跃的进步，人民生活和国际声誉的不断上升，使得每一个出国的中国人，在国际友人的眼中，都是这个富足强大的、捍卫和平的国家的象征。尤其是印度人民，他们本是中国人民几千年来很好的朋友，我们伟大的成就，给他们以莫大的鼓舞。他们要和我们永远继续友好，他们要和我们一同保卫和平。因此他们万众一心，以无比的热情，一处又一处的在全国的每一角落，旗帜飘扬，香花缭绕的，来接待欢迎我们这些从中国来的友好的使者。这些热烈激烈的情景，除了使我们觉得幸福与光荣之外，还给予我们以无限的感激与鼓励。（冰心：《印度之行》）

　　实际上，新中国成立初期的冰心，不仅是具有外交的风度与才华，更重要的是代表了新中国的一种形象，一种民主与温和的形象，一种中性与母亲的形象。她的出访为新中国树立了良好的国际形象，而她本人亦收获了赞许的目光，把她的女性之美作了最有力的发挥。

站在国际的舞台上，她从来都是那么从容、自然，如同行走在天空中的云，没有一丝"高处不胜寒"的恐惧，因为这个舞台是如此契合她的才华，那注定是她一生早晚达到的高度。

一时间的忙碌挤占了冰心的大部分生活，吴文藻则忙于教学和研究。他们的生活过得紧凑而充实，但却享受着并不优厚的物质生活。两人自从有了正式的工作之后，就从洋溢胡同的四合院搬出来，住进了中央民族学院的教工宿舍，一个仅有三居室的单元房中，和平楼208室。

> 这是一座夹在两排新耸起的白色楼房中间的青砖红瓦的旧楼，门楣面探出两个门簪，这在胶东农村常见，逢年过节上面便贴两个大'福'字，而这上面却用红漆写着'和平'两字，风风雨雨也不能将它吹掉。（黄少军：《北京访冰心》）

> 这座三居室有"一个不到十平方米的房间是她和吴教授的卧室兼写作间，安了两张单人床和一个书柜，余下的窗前的空间，只能容纳一张小书桌。就是那么一张陈旧的两屉桌，冰心和吴文藻教授像学生合用课桌一样，一人一个抽屉。当她写作的时候，吴教授就主动挪到会客厅看资料；而吴教授撰写论著时，她就只好去一旁翻阅书刊了。"（卓如：《风光霁月——访"民进"副主席、女作家冰心》）

虽然是头一次住进这样的一座集体楼房，他们亦觉得幸福。当时楼里没有暖气，冬天还要生煤炉，也没有淋浴设备，要洗澡，就得用洋铁皮的大盆烧水洗，有时候会和费孝通家联系，看他们有没有烧锅炉，因为他们家住在南一排平房，是院长的寓所，有淋浴设备，往往在周末，他们烧锅炉，就可以过去洗澡。

后来，统战部来人曾与冰心夫妇商量，考虑给他们建一栋小楼，但被他们谢绝了，当时还有很多人没有房子住，这样做不合适。他们在这座楼里生活、工作了整整二十八个年头，经历了多少年的风风雨雨，直到1984年年初，民族学院在和平楼的东面建成一座教授楼后，才把家搬过去。

在中央民族学院的和平楼208室，吴文藻、冰心这对志趣相投、情意相通的爱侣度过了生命中又一个黄金期。他们在平静的生活中携手同行，头顶有明净的秋月，周围有徐徐的暖风，两颗心充分地享受着宁静柔畅的琴瑟和鸣之音。

一世情缘今送君

冰心与吴文藻

雨后回京天更青

> 我们的生命的道路如同一道小溪，从浅浅的山谷中，缓缓
> 地、曲折地流入大海。
>
> ——冰心

　　经历"文革"十年后，冰心和吴文藻都老了，人生已过去了大半。这大半辈子里，他们目睹了五四运动的激情，也遭遇了日本侵华的民族危机；他们享受了新中国成立的喜悦，亦饱尝了"文革"生活。他们的命运从出生一开始，就和庞大的中国紧紧地联系在一起，像他们那个时代的所有人一样，与国家荣辱与共。

　　在是是非非面前，冰心却依然保持着豁达的心态，虽然她的生命里经历了那么多残缺与伤痕，她却希望这种经历实际上是生命自身的完美。这个宅心仁厚的女子告诉世界："人世间的各种趣味，她都愿遍尝。"她只是一个行走于红尘乱世中的女子，不愿意辜负任何一寸光阴。在她眼里，每一种生物都赋予了情感，每一处山水都深藏着内蕴，每一次路过都是一

段美丽的焦急。所以，她对这世界抱着纯情的梦想，甘愿为这红尘赴汤蹈火，在所不辞。

1972年，尼克松总统即将访华，为了筹备资料，冰心和吴文藻、费孝通等八人被召回北京，组织突击翻译尼克松《六次危机》的下半部分。这些资料都是中央领导人会见尼克松的重大依据，所以有着非常重要的意义。在完成了《六次危机》的翻译后，他们又翻译了美国海斯、穆恩、韦兰合著的《世界史》。最后又合译了英国人威尔斯著的《世界史纲》。冰心从这部文论史的著作中学到了很多东西，她后来回忆道：

> 我很高兴地参加了这本巨著的翻译工作，从攻读原文和参考书籍里，我得到了不少学问和知识……我们都在民院研究室的三楼上，伏案疾书，我和文藻的书桌是相对的，其余的人都在我们的隔壁或旁边。文藻和我每天早起八点到办公室，十二时回家午饭，饭后二时又回到办公室，下午六时才回家。那时我们的生活"规律"极了，大家都感到安定而没有虚度光阴！现在回想起来，也亏得那时是"百举俱废"的时期，否则把我们这几个后来都是很忙的人召集在一起，来翻译这一部洋洋数百万言的大书，也不是一件容易的事。

冰心夫妇安静地坐在书桌前，一字一句认真地阅读着文献资料，生活风平浪静。从这以后，整个中国也慢慢地走向了正轨，冰心的生活也逐渐正常了。

和平楼的三间房间也还给了冰心和吴文藻，他们在屋内走动，冰心说，这间向阳的还是留给小妹（吴青），大妹（吴冰）回家再想办法，我们还是那间朝北的小间……吴文藻没有吭声。忽然听见有人敲门，吴文藻本能地一怔，冰心去开了门，原来是学校的一位工宣队领导，带了人给他们送东西。他说，吴文藻同志，冰心同志，这些东西，现在，依据党的政策，如数发还，请予清点。他们将一些曾用于展览的物品送了进来。

1972年，举国欢庆毛泽东《在延安文艺座谈会上的讲话》发表三十周年。好久没有动笔杆子的冰心，按捺不住喜悦的心情，挥笔写下了长诗《因为我们还年轻》：

昨天有一位年轻诗人来看我，
把他的新诗念给我听。
第一首诗的题目是：
《因为我们还年轻》。

这题目引起我的诗情——
我看着他热情的年轻的脸
我轻轻地跟着他念：
因为我们还年轻；

我说："年轻人！
虽说是'人生七十古来稀'，
在毛泽东时代就不算稀奇；
你看有多少年过七十的老人，
仍旧为社会主义奋斗不息？
……
年轻人，
你是早晨八九点钟的太阳，
我也不是那金色的黄昏。
我们都努力掌握毛泽东思想，
毛泽东思想是永远不落的太阳！

此诗的发表，在当时是意义非凡的，它向世人传递了这么两个信息：首先是这么一位重要的作家还健在；其次是表现了这么一位重要的作家经历过种种苦难之后，依然保持了一颗年轻的心。当冰心的国内外旧友和一些忠实的粉丝在读了这首诗后，都是十分激动的。

中日恢复邦交的第二年，又是一片樱花烂漫时。冰心参加了以廖承志为团长的中日友好协会访日代表团，在日本作了为期一个月的访问。日本的许多老朋友见到冰心，均感到十分欣慰和高兴。

回到北京之后，冰心又接待了日本的一个经济代表团。有关这次接待，日本的八尾昌里女士作了这样的描写：

> ……最后，有一位风度优雅、身穿灰色朴素人民装的夫人，向我们说了几句话。看到她，我的心不由地怦怦地跳。我只看过她的照片，而且，是我学生时代读她的作品扉页上的一张照片，站在我眼前的这位夫人——没错，她是女作家谢冰心女士，她身材矮小，文雅安静，微低着头，用平稳的声调和我们打招呼。她说话很简短，我很失礼地，一眼不眨地盯着她。我的女子短期大学只是学过一点儿中国文学。我知道的中国女作家只有丁玲和冰心两位，没想到竟会在这里见到其中的一位。告别的时候，我大胆而冒昧地走近她身旁，用结结巴巴的汉语对她说："我读过您的作品，它使人非常感动。"冰心女士像少女那样腼腆，她谦虚地说："写得不好！"于是我的手自然而然地伸过去和她握手。多么柔软的手啊！我的手好像被丝棉裹起来一样的温暖。当时，我简直有点儿不知所措。一丝念头掠过心头，这位女士是不是从来没有拿过比钢笔更重的东西。我听说她曾被送到干校，所以更使我惊讶她那双柔软的手。

即使到了生命的晚年，冰心依旧在积蓄力量，为她生命的另一个创作高潮作准备！可是，从1965年至1975年，整整十一年，她只发表了三篇散文三首诗歌，这不得不说是一种遗憾。她想要在剩余的生命里，极力地填补这种遗憾。

1975年1月，冰心再一次当选为第四届全国人民代表大会代表。那是一个寒冷的夜晚，北京人民大会堂灯火辉煌，这一夜将作为重要的历史时刻载入中国革命的史册。周总理以他身患癌症的抱病之躯，以他尚存的一息之力，向在场的人民代表，向全国人民，庄严地作最后一次的政府工作报告。

　　这是周总理在他为中国人民奋斗一生的长途跋涉中，在他漫长的生命旅程中，所做的最后一次全力的冲刺。

　　这晚，周总理站在主席台入场的门口，与进场的人民代表一一握手，并致问候，当冰心来到周总理的跟前时，周总理握着冰心的手，微笑着问道："冰心同志，身体好吗？"冰心告诉周总理："我的身体很好！"周总理又叮咛说："要好好保重呵！"冰心事后说，她绝对没有想到，这句话竟是周总理对她最后的嘱咐！

　　1976年1月8日，受人拥戴的周总理与世长辞，举国悲痛。之后，毛主席逝世，这一系列重大的事件震撼着中华大地，改变着祖国的命运，冰心都一一看在眼里。也许，是经过了那么多惊天动地的大事，暮年的冰心反而比以前更加从容。生死忧患，大概都成了老人眼中的过眼烟云了吧！她知道自己的生命已经步入晚秋，在这世界上也将停留不久。然而，当那一切过去之后，她和老伴吴文藻分外珍惜往后的时光。无论如何，生命的结局是人力无法抗拒的，正如曹操所言："神龟虽寿，犹有竟时。"冰心更喜欢它后面的句子："老骥伏枥，志在千里。烈士暮年，壮心不已。"

　　冰心和吴文藻都像重新焕发了青春。冰心不断地出席各种会议，写文章。吴文藻更是有事情可做，中断了二十几年的社会学要重新评价和恢复，这项宏伟的工程令一心扑在社会学研究上的吴文藻激动万分！吴文藻就像回到了燕京大学那个时期，中国的社会学也许就是要从那儿衔接的。1973年底，吴文藻在达特默思的同学劳伦斯通过多种途径，打听到了吴文藻的通讯地址，他给吴文藻写了一封长信，同时给吴文藻寄来了十七部社会学的重要著作，几乎是将二十几年来，美英等国出版的重要的社会学著作都寄了过来。这令吴文藻兴奋不已，当中国准备重新恢复社会学学科的时候，吴文藻深知自己肩上的重任，不分白日黑夜地攻读这些著作，企图将三十年的课都补上。

冰心在写作《寄小读者》的五十五年之后，在写作《再寄小读者》的二十年之后，在一个春天的早晨，她开始了《三寄小读者》的写作。《三寄小读者》的意义非常明确，就是要对孩子进行"最基本内容的思想教育"。《三寄小读者》共十篇，前后用了一年半的时间来完成。由于是冰心在"文化大革命"之后第一次连续发表作品，又由于它切中了孩子们普遍存在的问题，因而，引起了人们尤其是青少年学生广泛的关注和共鸣。《三寄小读者》的发表沟通了冰心和小朋友们之间的感情。小读者们给冰心的信像雪片一样飞来，有时，每天多达几十封。

在《通讯八》中，冰心用了很长的篇幅描写了这么一件小事：

> 有一天早晨，我出去开会，因为是雨后初晴，这大院的地还是很滑的，我只顾低头看路，忽然听到前面有清脆的声音叫："老爷爷，慢点走，等我来扶您！"抬头看时，原来是一个背着书包、戴着红领巾、梳着双辫的小姑娘，正在追着一位老爷爷，扶着他的胳膊，慢慢地走一段泥泞的路。等到走上了柏油大路，老爷爷向他点了点头，她才放了手，笑着跳着向前走了。这时，马路边有几个小孩子，正在围着一棵新栽上的小杨树使劲地摇晃。这个小姑娘走过去，不知道对这些孩子说了些什么，孩子们都放了手，抬头看着她不好意思地笑着。她笑着拍了拍每个孩子的头，正要往前走，又看见马路上散落着一些纸片，那是走在她前面的那个男孩子边走便撒的。她就停下来，把那些纸一片一片地捡了起来，三步两步地追上前去，把这些纸塞在男孩子的手里。他们站在路边说了几句话，我也听不见他们说了些什么，只看见那个男孩子先是低下头，后来又点了点头，最后他们两人又说又笑地向前走去。

从这篇通讯中，可以看出冰心的作品不再是清新淡雅的婉约风格，而是质朴丰茂的直指现实。有人说，这类通讯文章，以说教者直抒胸臆大大地削弱了文学价值，但我认为，冰心在经历了"文革"之后，明白读者需要什么样的文学作品，应该算是"绚烂之极归于平淡吧！"

这一时期，文学创作出现了繁荣的景象。冰心在文学创作上不甘落后，写出了报告文学《颂"一团火"》，回忆录散文《我的故乡》《我的童年》，以及在1980年《北方文学》上发表了继《小橘灯》之后的又一篇重要小说《空巢》，其艺术技巧达到了炉火纯青的地步。此后，她还创作了小说《落价》《远来的和尚》荣获了"南车杯"百花奖。不仅如此，她还十分关注年轻一代的作家，多次写文章介绍他们的作品，如刘心武、张洁、张抗抗、王安忆、铁凝、陈祖芬等。她说："今后的世界应该是年轻人的世界，而不是属于他们的。"

1980年春天，以巴金为团长、冰心为副团长的中国作家代表团前往日本进行友好访问。回国后，她又马不停蹄地翻译马耳他总统安东·布蒂吉格的诗集《燃灯者》，因劳累过度，患脑血栓住进了医院。随后又在一次散步中摔断了胯骨。在她的坚持下，做了手术，骨头里钉上了钢钉。后来在家里又一次摔伤了。一年之中三进医院，对于一个老年人来说，是一次巨大的考验，然而冰心以她顽强的毅力活了下来，并且越活越精彩。她的身上，仿佛有无限充沛的力量，所有人愿意为她折腰。

《儿童文学》在冰心八十大寿的时候，送给冰心的生日礼物是一幅画，画面上一个胖嘟嘟的小孩子，系着红肚兜，扛着两个大红寿桃。冰心看到这个可爱的小孩子，满眼里充满了希望，她受到了鼓舞，豪迈地写下了《生命从八十岁开始》，其中写道：我病后有许多老朋友来信，又是安慰，又是责难，说："你以后千万不能再不服老了！"所以，我在复一位朋友的信中说："孔子说他觉得'不知老之将至'，我是'无知'到了不知老之将至的地步！"虽是这样说，冰心还是不肯服老的，她在篇尾写道：西谚云"生命从四十岁开始"。我想……"生命从八十岁开始"。

我想，冰心的长寿正是应了那句古话"仁者寿"。她是如此热爱生命，以至于不忍抛弃生命。她对生命的珍惜绝不是对尘世繁华的贪恋，没有老年人的三大毛病"爱钱、怕死、没瞌睡。"她不爱钱，多少次她都拿出自己的稿费来捐给灾区，捐给希望工程；她不怕死，她曾说："倘若生命是有意义的，此生足矣，倘若生命是令人乏味的，我不敢有来生。"她对死亡早已这般看透。她之所以不肯向命运低头，是因为割舍不了心中的梦想，即使肉体已经变得那么脆弱，她也依然不肯丢弃她挚爱的文字和事业。

执手共享偕老乐

由于连续几次生病住院，尽管冰心总是在精神上保持年轻和乐观，但毕竟年龄不饶人。同时，吴文藻的身体也每况愈下，精力大不如前。冰心还有许多文章要写，吴文藻则有许多的研究课题需要去做，这样一来，就必须要有人来照顾他们的生活起居。后来，组织上将这些任务交给了他们的小女儿吴青。

这样一来，吴青一家也就都得与父母住在一块。可是，和平楼的小公寓只有六十平方米左右，一家三代七八个人挤在一起，确实有些不便。本来，冰心和吴文藻多年各居一室，便于各自做学问和写作，后来只好同居一室，腾出一个房间给吴青夫妇居住。冰心老人不以为意，幽默地对朋友说："瞧，我们老两口又'破镜重圆'了。"

闲暇时，冰心和吴文藻最大的乐趣就是读书。"千载奇缝好书良友，一生清福碗茗炉烟"。冰心和吴文藻都是爱书之人。在吴文藻留学美国时，常常在一月之末，他的费用便因着恣意买书而枯竭了，但他却总是欢欢喜喜地以面包和冷水充饥，他觉得精神食粮比物质的食粮还要紧。而在两人相识后，吴文藻送给冰心的，不是表达爱意的香花，也不是意味着甜蜜的糖果，而是各种各样的书籍。可是以前，能够静下来读书的时间很少。如今，他们终于可以心无旁骛地享受读书之乐了。

在那段时间里，他们的书桌上都会插着一束娇艳芬芳的玫瑰——冰心楼下的两家年轻人都是种植玫瑰花的爱好者，花圃里栽满了各种各色的玫瑰，每天清晨，他们便会给两位老人送来一把一把鲜艳的带着朝露的玫瑰。

百花之中，冰心最喜欢的就是玫瑰。"色香绝代几能过？妙堪持供赏，人杰与仙娥。岂独爱花兼爱刺，锋锼何减吴戈？不辞流血对摩罗。"道尽了玫瑰既香艳又自傲的风骨。从那第一眼相见的钟情，到如今，它已经陪伴着冰心度过了无数的风风雨雨，见证了无数的辗转流离。因此，每天早起，只要听到轻轻的叩门声，冰心的喜悦就像泉水似的涌溢了出来……

1983年岁末，冰心和吴文藻的住房问题终于得到了解决。他们一家从和平楼搬到高知楼的34单元3号的新居里。高知楼是中央民族学院为老教授们新盖的楼，虽然仍然在民族学院的校园内，可是比以前的住房要宽敞多了，有了专门的客厅，有了齐全的冷暖卫生设施，窗户宽大，阳光灿烂。搬进新居的冰心兴奋之情难抑，她打电话告诉朋友："现在鸟枪换炮了，快来看看呀！"

在新居里，冰心和吴文藻用一间十三四平方米的房间作为卧室兼书房。几个满是书的大书柜；正墙上挂着周总理的照片；沙发的背后挂着吴作人的熊猫图；两旁是1925年冰心在美国沙穰养病时，梁启超先生题给冰心的龚自珍的诗句："世事沧桑心事定，胸中海岳梦中飞。"有了这窗明几净的所在，两人相对而坐，他写他的，她写她的，熟人和学生来了，就一起谈笑风生，闲话家常。

每天黄昏，是冰心和吴文藻相携散步的时刻。两人常常悠闲地走出家门，或在寂静的小路上缓缓徐行，或是在高粱河边驻足，或是到附近紫竹院公园的长椅上坐一坐。一路上，冰心始终挽着吴文藻的臂膀，有时她忽然地抬头看他，两人相视微笑。四十多年前，黄昏的未名湖畔，两人也曾经这么相依相偎地走过，那时他们想着的是共同的未来，而如今，他们静静地体会着生命的安详！

但得夕阳无限好，哪怕近黄昏？冰心和吴文藻都是一样的不服老，都怀着"生命不息，奋斗不已"的意念投入了现代化建设的滚滚洪流中。在他眼里，她仍是当年那个蜚声文坛的才女；在她眼里，他也依然是那个俊杰儒雅的青年。

1983年6月15日，是冰心和吴文藻的金婚纪念日。

许多朋友和晚辈都前来为两位老人祝贺。八十三岁的冰心穿着中国式的斜襟夹袄，容光焕发。吴文藻则身着笔挺的中山装，精神矍铄。一瞬间，仿佛时光倒转，两人又回到了"约克逊总统"号初见的那一瞬间。"遇见你是我的缘"，相见刹那，便是永远！

回想起携手走过的大半生时光，坎坷多于甜蜜，但是两人却都很知足，脸上流露幸福的笑容。是啊，一位是蜚声文坛的才女，以她隽秀轻灵的文字恒久地润泽了人们的心灵；一位是享誉学界的巨子，以他毕生执着的渊博学识开创了中国社会学体系。在他们八十多岁的年龄，仍然能相互扶掖，不离不弃，无论头顶是明净的秋月，抑或脚下有遍地的荆棘，他们生死相依，两颗心充分地享受着宁静流畅的琴瑟和鸣之音，彼此守望着忠贞而深挚的爱情。

昔人驾鹤杳然去

冰心在谈到她和吴文藻最后一段共同的生活，是这样说的："1983年我们搬进民族学院新建的高知楼新居，朝南的房子多，我们的卧室兼书房，窗户宽大，阳光灿烂，书桌相对，真是窗明几净。我从1980年秋起得了脑血栓后又患右腿骨折，已有两年足不出户了。我们是终日隔桌相望，他写他的，我写我的，熟人和学生来了，也就坐在我们中间，说说笑笑，享尽了人间'偕老'的乐趣。"冰心接着伤感地说，夕阳无限好，只是近黄昏。吴文藻在1985年6月27日，最后一次为研究生张海洋的论文提了两点详细的书面意见之后，于7月3日因脑血栓住进北京医院，之后，便处于昏迷状态。冰心说，在他的床前，由他们的第二代第三代守护着，她老了，行动不便，不能像1942年吴文藻在重庆患肺炎时那样日夜守在他的身边，只能在家等着盼着……但是，冰心这一回再也没有能盼到吴文藻出院回来。

1985年9月24日的清晨，冰心像预感到什么，一大早就坐在窗前的电话机旁，忽然急促的电话铃声响起，冰心急忙去提话筒，但又害怕地缩回来，电话铃急促地响着，冰心终于提起了话筒，果然传来吴平的声音：妈妈，爹爹已于早上6时20分逝世了！

冰心平静地放下话筒，望着窗外许久，之后，回到卧室，打开抽屉，这里有她和吴文藻的遗嘱。他们各自的遗嘱，彼此却是不公开的，现在，吴文藻先她而去，可以看他的遗嘱了。

这是一张普通的16开的白纸，对折着写道：

文藻遗嘱

一、尸体火化后，骨灰撒在附近通海河流。如不便，不必拘泥。

二、外地亲戚闻死讯后，请勿来京，就地致哀即可。

三、不必为我举行追悼会、遗体告别仪式。

四、遗下衣物、存款，如我比娘先走，由娘全权处理。银行存款，可酌情将一部分分给儿女（包括外孙儿女），或由儿女商定是否将余款捐公，均可。

五、遗书除由儿女选取可用者外，一律仍捐给民族学院图书馆。有关专业书籍让费孝通优先选取，余均以便于同业人员利用，存放适当单位保管。（过去我捐赠院图书馆的书籍、打印外文参考资料等因分散编目，利用率甚低。）

六、关于遗稿、积累资料、摘记卡片等未及整理供参考用者，可留则留，其余作废纸抛弃。（过去费过心血两项成书稿件：西洋社会思想史和中国家庭制度，均在"文革"间散失。）

未有时间落款。根据这个遗嘱，冰心将吴文藻平时的存款3万元，捐给了中央民族学院研究生部，作为研究生的奖学基金，用此方式，继续吴文藻社会学的梦想和追求！中央民族学院为此设立了"吴文藻文化人类奖学基金"，奖励在文化人类学的学术研究方面卓有成效的中青年老师和大学本科高年级以上的学生。

吴文藻逝世后，新华通讯社向全世界发了电讯稿，《人民日报》等报刊发了消息，他的遍布世界各地的同学和学生纷纷发唁电唁函，沉痛悼念他们的朋友和导师——中国著名的教育学家、社会学家、人类学家和民族学家，颂扬他杰出的学术成就和崇高的人格精神。

　　冰心说，在一个半月中，她是在周围一片慰唁声中度过的！几乎天天有朋友和亲人来慰问，还因为新华社发了文藻逝世的消息，收到了从国内国外发来的一百七十多封的唁电和唁函。有一些发电或发信人的名字是不熟悉甚至是不认识的。后来，她从头阅读那一大堆函电后仿佛突然发觉，原来他还有那么多的同行，那么多的朋友，那么多的学生；原来还有那么多的了解、同情、关心他们的人！她说，她又忍不住涌出了感激的热泪。

　　著名的社会学家杨教授说："吴先生对我国社会学与民族学建设运动，有过杰出的贡献，并培养出许多接班人，成为我国这门学科的奠基人和大师。他的逝世实是我国学术界一大损失。"著名的教育学家周培源教授说："文藻同志和我在清华学校同窗多年，他虽高我一级，但彼此长期忽视，直到今天才受到了尊重。正需要他时，他又溘然长逝。哲人其萎，是党和国家的重大损失……"

　　他的学生袁方、全慰天等六人来电说："我们自昆明读大学起就不断亲聆文藻师的教诲，阅读文藻师的著作，受益匪浅，留下了不可磨灭的印象。文藻师学识渊博，治学谨严，对学生诲而不倦，为我们树立了楷模。文藻师一贯重视社会学人才的培养，并为此作了杰出的贡献，这些都是值得我们永远纪念和学习的……"

　　他远在美国的学生苏厚彬说："他老人家在燕大时，对我们的教导，我们永远也不会忘记的。我们虽身在国外，也常常通过'美中人民友好协会'，为祖国谋幸福，为祖国工作，以期不负他老人家的教诲……"

　　他在上海工作的学生李镇说："藻师是世界知名的学者。藻师为人耿直，一生诲人不倦，我追随师侧时间不多，但对我一生的学习和工作，起了不可估量的楷模作用。我常向藻师汇报学习和工作情况，他老人家无论多忙，身体又不太好，总是亲自给我回信，一次是在唐山大地震波及北京时，坐在院子里小凳上写的；一次是在眼力差、写字手抖的时候写的。藻师对于晚辈也毫不疏忽……"

千家驹以此信表示他的心情："我和文藻先生接触不多，但对先生对社会学的贡献，一向是景仰的，……文藻先生遗愿不举行追悼会和遗体告别仪式，使我没有表示哀思的机会……"

作家袁鹰说："文藻先生笔耕一生，对学术界建树卓著，晚年屡遭颠沛，而报国之心不减，是我们后辈的楷模……"

他的学生李有义给冰心写信说："我作为您和藻师的弟子，已经五十四个年头了，这是天翻地覆的五十四年。你们给我的教导是：爱祖国、爱人民。在这半个多世纪以来，你和藻师就是为祖国的现代化而努力，我也在实践你们的教导……海外有不少关于藻师生平的报道我正在搜集……世界在变，每人都在变化中扮演一个角色，藻师的角色演完了，无论从什么角度看，他都是一位伟大的爱国者，一位终生致力于祖国现代化的学者……我很快就要回国了，如有可能我想为藻师编一本文集……"

胡乔木给冰心写信："尊敬的冰心老师：阅报惊悉吴文藻老先生逝世，深为痛悼。吴先生是我国社会学前辈，贡献巨大，而又遭遇坎坷，他的逝世是我国学术界的重大损失，而对您个人的打击，更使人心情沉重。我虽未尝从您受业，但您是我学生时代的文学启蒙老师，这段恩情迄今未曾忘怀。今逢此大故，感同身受，谨函致唁，不能尽意。生离死别，人人不免，智者当能善处，无待多言。您的身体也不好，请勿回信。"

沈从文的夫人张兆和给冰心写信道："我知道文藻先生逝世的消息已经很晚，几天来心里老是惦记着您，平静不下来。虽知您老人家一生历经沧桑，知道如何自处，毕竟年世已高，自己身子又不好，令我放心不下。希望您为千千万万读者珍重，为我们新时期正蓬勃发展的新文艺珍重，这是我们全家也是爱读您著作的好几代读者的衷心愿望。我因离不开身，特令龙朱代表从文同我向您同宗生兄妹全家致慰，千万珍重，千万珍重。"

"生死悠悠消息断，清风仿佛故人逢。"如今，一直相依相伴走过半生的吴文藻先她去世了。冰心的书桌之后，靠近她睡床的壁上，挂着吴文藻的遗像，依然淡定的笑容、清癯的面孔，上面却缀着白花、垂着黑纱。冰心常常一个人坐在落霞满天的窗前，这时有和风拂面、风声耳语，就像是她的"藻"在耳边喁喁私语。

此刻，冰心的内心是平静的，她以老年人特有的豁达来对待死亡。

冰心又开始写作，往昔的记忆就如同初融的春水，在她的心中涌溢奔流。从童年的山间海隅写到晚年的心境感受，从家人亲朋写到师长挚友……他们都在时光的长河中一一远去。面对曾经的点点滴滴，冰心难掩心中伤感："这些年我为故人写怀念与悼念的文字，手都写软了，泪都流干了。"

晚年的冰心，文字炉火纯青，毫无雕琢，自然天成。"疏疏斜阳疏疏竹，离离远山离离风。"世间的恩爱绵情在茶烟月色、袅袅馨香里淡淡地弥散开来。

她说："我的文字，那都是'任务'，手边还有许多！我只想把文藻生平下半段写完，但太复杂，也太多。"于是，冰心写了著名的《我的老伴——吴文藻》，深情地回顾了他们相识相爱的六十二年漫长人生路。

为了写好这篇文章，冰心曾"开过无数次的头"。可每次都是情感过于强烈，思绪过于纷繁，不知从何谈起。但最后，她决定："要稳静地简单地来说我们这半个多世纪以来的、共同度过的、和当时全国大多数知识分子一样的'平凡'的生活"。

"百年心事归平淡"。文章的最后，冰心还是流露出对老伴的浓浓思念：

> 他的也就是我们的晚年，在精神和物质方面，都没有感到丝毫的不足。要说他八十五岁死去更不能说是短命，只是从他的重建和发展中国社会学的志愿和我们的家人骨肉之间的感情来说，对于他的忽然走开，我是永远抱憾的！

同时，还有一篇《论婚姻与家庭》，这几乎是他们相爱一生的理性的总结，篇幅不长，全文录此：

家庭是社会的细胞。

有了健全的细胞，才会有一个健全的社会，乃至一个健全的国家。

家庭首先由夫妻两人组成。

夫妻关系是人际关系中最密切最长久的一种。

夫妻关系是婚姻关系，而没有恋爱的婚姻是不道德的。

恋爱不应该只感情地注意到"才"和"貌"，而应该理智地注意到双方的"志同道合"（这"志"和"道"包括爱祖国、爱人民、爱劳动等等），然后是"情投意合"（这"情"和"意"包括生活习惯和爱好等等）。

在不太短的时间考验以后，才能考虑到组织家庭。

一个家庭对社会对国家要负起一个健康细胞的责任，因为在它周围还有千千万万个细胞。

一个家庭要长久地生活在双方人际关系之中，不但要抚养自己的儿女，还要奉养双方的父母，而且还要亲切和睦地处在双方的亲、友、师、生之中。

婚姻不是爱情的坟墓，而是更亲密的灵肉合一的爱情的开始。

"二人同心，其利断金"，是中国人民几千年智慧的结晶。

人生的道路，到底是平坦的少，崎岖的多。

在平坦的道路上，携手同行的时候，周围有和暖的春风，头上有明净的秋月。两颗心充分地享受着宁静柔畅的"琴瑟和鸣"的音乐。

在坎坷的路上，扶掖而行的时候，要坚忍地咽下各自的冤抑和痛苦，在荆棘遍地的路上，互慰互勉，相濡以沫。

有着忠贞而精诚的爱情在维护着，永远也不会有什么人为的"划清界线"，什么离异出走，不会有家破人亡，也不会教育出那种因偏激、怪僻、不平、愤怒而破坏社会秩序的儿女。

人生的道路上，不但有"家难"！而且有"国忧"，也还有世界大战以及星球大战。

但是由健康美满的恋爱和婚姻组成的千千万万的家庭，就能勇敢无畏地面对这一切！

孤独熬尽十五载

　　爱在左，同情在右，走在生命路的两旁，随时撒种，随时开花，将这一径长途，点缀得香花弥漫，使穿枝拂叶的行人，踏着荆棘不觉得痛苦，有泪可落，也不是悲凉。

　　　　　　　　　　　　——冰心《寄小读者·通讯十九》

　　冰心常回忆起母亲说过的一句话："人活着一天，就有一天的事，'事情'是和人的生命一般长短的。"没有了老伴吴文藻的陪伴，冰心似乎又回到了童年时那独学无友的时刻，但此刻的她，是平和的，是从容的。孔子在《论语·述而》中说："老而不死是为贼也。"冰心一直觉得这句话幽默而洒脱，后来她还托朋友王世襄为她刻了枚"是为贼"的闲章。

　　老子有言：吾有大患，及吾有身。及吾无身，吾有何患！冰心正也是在担心她自己肉身的老病，使她无法写更多传世文章。如果没有老病缠身，她还要完成多少未了的心愿呢？这光阴似箭，我们不要到临老再来感叹白来人世走一遭！

那间窗前放着书桌的卧室，依然窗明几净，如今成了冰心一个人的卧室兼书斋。窗台上，放着朋友送的一盆油绿的君子兰，一片生机盎然；窗前的两壁，摆着四个书柜，藏着满满的书籍；书桌上，笔筒、砚台、桌灯、日历等物品，也都一如过去那样摆放。桌上还有两本字典：一本是小小的《英华大辞典》，一本是《新华字典》，因为不论是写汉文或看英文，冰心往往提笔忘字，或是英文一个字不会"拼了"就得求助于这两本小小的字典。只不过桌上的那个玻璃花瓶中，娇艳的玫瑰开了又谢，日复一日。

这个"半间"的书斋里，还常常有客人。近年来，冰心行动有些不便，很少出门。除非是生客，或是客人多了，她才起来到客厅去。因此熟人来了，尤其是年轻的朋友，一来就走进书斋，往往是笑语纷纭。

除此之外，白天，孩子们都出去了，这屋里便静悄悄的。冰心的伴侣——她小女婿的姐姐——只在客厅坐着看书或织活，有电话或有客人，才进来通知她。还有，就是冰心女儿的那只宝贝猫咪，它上下午两次必跳上书桌，坐在老人的信笺或稿纸上，来向她要鱼干吃。余下的时间就是冰心自己的了，她常常是在回信、看书和收听广播中从容地度过。就像她自己常说的一样，"活到老，学到老，干到老，革命的青春永不老。年轻人，你是早晨八九点钟的太阳，我也不是那金色的黄昏"。

她给好朋友巴金的信里写道：

白天，我的躯壳困居在小楼里，枯坐在书案前；夜晚中，我的梦魂却飘飘然到处遨游，补偿了我白天的寂寞。

这些好梦要归功于我每天收到的、相识或不相识的海内外朋友的来信和赠书，以及种种的中外日报月刊。这些书信和刊物，内容纷纭繁杂，包罗万象，于是我脑海中这千百朵飞溅的浪花，在夜里就交织重叠地呈现出神妙而奇丽的画面！

我梦见我的父母亲和我谈话，这背景不是童年久住的北京中剪子巷，而似乎是在泰山顶上的南天门。母亲仍旧微笑着，父亲拍我的肩头，指点我看半山茫茫的云海和潺潺的飞泉。

我梦见在美国的母校慰冰湖上，轻轻地一篙点开，小船就荡出好远，却听见背后湖岸上有美国同学呼唤："中国有信来了，快回来看吧！"

我梦见在日本东京一排高楼中间，凹进一处的、静雅的"福田家"小餐馆里，在洁无纤尘的地席上与日本朋友们围坐在一张矮几边，一边饮着清淡的白酒，一边吃着我特别欣赏的辛辣的生鱼片。

我梦见我独自站在法国巴黎罗浮宫的台阶上，眼前圆圆的大花坛里分片栽着的红、紫、黄、白的郁金香，四色交辉，流光溢彩！从那里我又走到香榭丽舍大街的咖啡座上，静静地看着过往的穿着淡青色和浅黄色春装的俏雅女郎。

我梦见我从意大利罗马的博物院里出来，走到转弯抹角都是流泉的石板路上，又进到一座壮丽的大教堂里，肃立在人群后面，静听坚实清脆的圣诗歌咏队的童音。

我梦见在高空的飞机窗内，下望茫茫无边的淡黄的沙漠，中间横穿过一条滚滚滔滔的尼罗河。从两岸长长的青翠的柳树荫中，露出了古国埃及伟大建筑的顶尖。

我梦见……这些梦里都有我喜爱的风景和我眷恋的人物，醒来也总是"晓枕心气清，奇泪忽盈把"。梦中当然欢乐，醒后却又有些辛酸。但我的灵魂寻到了一个高旷无际的自由世界，这是我的躯壳所寻不到的。我愿以我的"奇泪"和一缕情思，奉献给我海外的梦中人物！

一日，好友沙汀来看望冰心。沙汀，原名杨朝熙，四川安县人。20世纪30年代初开始文学创作，素来以文笔犀利著称，后加入"左联"，成为有影响的左翼作家。沙汀是个随和爽朗的人，大说大笑，四川口音很重。他也是冰心所在文艺界朋友中最受吴文藻欢迎的一位，理由是沙汀酒量很好，能和吴文藻一起喝茅台！

　　吴文藻喝酒的习惯，还是从小陪父亲喝闷酒养成的，但那时候他常喝的是绍兴酒而不是茅台。吴文藻和冰心结婚后，为了他的身体着想，冰心就劝他把酒戒了，有时候请客吃饭，席上准备的也只有红葡萄酒。但是，每逢沙汀来了，吴文藻就一定要留他吃饭，而且还可以破例拿出茅台酒，两人饮酒谈笑，似乎都很开心。回想起来，那真是一段豪爽不羁的日子！

　　而现在呢？尽管橱柜里还珍藏有一瓶沙汀最爱喝的茅台，但是冰心没有留他吃饭，因为冰心不会喝酒，不能陪沙汀畅谈欢乐——有肴无酒，不但索然无味，不能尽兴，反会因想起往事，勾起无尽伤感。

　　转眼，冬天来了。困于小楼的冰心，只能透过窗户看外面的世界，极度渴望看到一丝绿的生气。然而，她的"窗外周围只是一座一座长长方方的宿舍楼，楼与楼之间没有一棵树木！窗前一片空地上，历来堆放着许多长长的生了钢锈的钢筋——这是为建筑附近几座新宿舍楼用的——真是一片荒凉沉寂"。看不到外面欣荣的景色，她就在屋子里"创造"了许多生机："我在堂屋里挂上绿色的窗帘，铺上绿色的桌布，窗台上摆些朋友送的一品红、仙客来，和孩子们自己种的吊兰。在墙上挂的总理油画前，供上一瓶玫瑰花、菊花、石竹花或十姊妹。那是北方玫瑰花公司应我之请，按着时节，每星期送来的。我的书桌旁边的窗台上摆着一盆朋友送的还没有开过花的君子兰。这一丝丝的绿意，或是春意吧，都是'慰情聊胜无'的。"

　　就在这满室的馨香和春意中，冰心度过了又一个寒冬。转眼大地春回，万物复苏。一群男女学生拿着工具来到冰心楼下，他们要将楼前原本一片荒凉沉寂的空地整治成一座绿草成茵、繁花似锦的公园。窗外年轻人一阵阵的喧哗笑语深深地感染了冰心，她心里暖烘烘的，因为她得到了春的消息！

1998年7月12日，在新落成的北京图书馆展览大厅，人山人海，热闹非凡。"冰心文学创作生涯七十周年展览"即将在这里隆重举行。雷洁琼、费孝通、艾青、萧乾、冯牧、黄宗江、王蒙、张洁等出席。从已过古稀之年的第一代小读者，到十一二岁的第五代小读者都来了，一代又一代受到过冰心作品熏陶和影响的读者聚集一堂，都来看望和感谢曾经给过他们无限的爱、给过他们无限的美、给过他们无限的善良与真诚的冰心。

在一阵欢呼声中，冰心出现了。她坐在轮椅里，慈祥地微笑着，向着她所爱也同样爱着她的朋友们。她满头银发，精神矍铄，那和蔼的笑容如高雅的白菊般尽情绽放。

到了图书馆前的台阶，轮椅上不去了，人们便争着轻轻地将轮椅抬起，围过来的人又迅速让开一条道，从两侧，从后面，簇拥着冰心，缓缓地进入展览大厅。

这一刻，冰心也感觉到无比的幸福。她幽默风趣地对旁边的人说："出嫁时，我未坐过轿，这一回算是坐上轿了，补过来了。"簇拥着她的人都乐了，那笑容是最真诚的，发自内心的，是充满了无限爱意与尊敬的笑容。

1998年10月5日是冰心九十九虚岁华诞，恰好又是阴历的中秋节，冰心受到了许多人的祝福。在杭州疗养的巴金托人送来九十九朵玫瑰的花篮。

我每天醒得很早，大约六点之前就完全清醒了，这时想得最多，比如这一天要做的事、要见的人、要写的信或文字等。也在这时有一两句古人的诗，如同久久沉在脑海底下的，忽然浮出海面，今天清早就有不知是哪位诗人写的：

万山无语看焦山

还有七十多年前在祖父桌上《诗钟》集中，看到的咏周瑜的两句诗：

小乔卸甲晚妆红

（关于《诗钟》，我必须解释一下：这是福州那时学诗的人们在一起习作的形式。他们不必写一首七绝或七律，只要能写成两句对偶的七言句子就行。但这两句七言诗的框框很多，比如我上面引的那两句，题目：咏的人物是周瑜，诗句中必须嵌上"大""小""红""绿"四个字，如此等等。）

我用枕边的手电筒照见床旁的小时钟已经到了六点，就捻开枕边小收音机——这还是日本朋友有吉佐和子送给的——收听中央广播电台的"科学知识"和"祖国各地"或"卫生和健康"的节目，然后听完"新闻和报纸摘要"我就起床，七时吃早饭，饭后同做饭的小阿姨算过菜账，就写昨天一天的日记，简单地记下：见过什么人，收到什么信件，看了什么书刊等等，就又躺下休息，为的是在上午工作以前补补精神。休息时总是睡不着的，为避免胡思乱想，就又捻开枕边的收音机，来收听音乐，我没有受过什么音乐训练，虽然也爱听外国音乐如"卡门""弥赛亚"——特别是卡拉扬指挥的；但我更爱听中国民歌，总感到亲切、顺耳，——我很喜爱"十五的月亮"，觉得这首歌凄美而又悲壮。

九点钟我一定起来，因为这时我小女儿的宝贝猫咪咪已经拱门进来了，它跳上我的书桌，等着我来喂它吃些干鱼片，不把它打发走，我是什么事也做不成的！

等咪咪满足了，听我的指挥，在桌旁一张小沙发上蜷卧了下去，我才开始写该写的信、看要看的书、报、刊物。十二点午饭后，我又躺下休息，这时我就收听的是中央台的长篇小说的连续广播。我最欣赏的先是陈祖德的《超越自我》，后来便是袁阔成的《三国演义》。这本书我是从七岁就看到了，以后又看了不知有多少次，十一二岁时看到关公死后，就扔下了；十四五岁时，看到诸葛亮死后又扔下了。一直到大学时代才勉强把全书看完。没想到袁阔成的说书《三国演义》又"演义"了一番，还演得真好！人物性格都没走样，而且十分生动有趣，因此我从"话说天下大势合久必分，分久必合"一直听到"三分归一统"，连我从前认为没有什么趣味的"入西川二士争功"，也显得波澜壮阔。我觉得能成为一位"好"的说书者，也真不容易！

到了午后两点，我又是准时起来，因为咪咪又拱开门进来了，这上下午两"餐"，它是永远不会失时的。

下午当然又是看报、写字。晚饭是七点吃的，晚饭后我从来不看书写字，我只收看电视。"新闻联播"是必看的了，此外我就喜欢看球赛，不论是什么"球"，我不是看技巧，只要是中国球员和本国或外国球队竞赛的我都爱看，"胜固欣然，败亦可喜"，我知道中国的儿女是会不断拼搏的。

此外，就是看故事片，国产的如《四世同堂》，外国的如《阿信》，看着都感到亲切。其他还有好的，但印象不深，一时想不起来了。

夜十点钟，我一定上床，吃安眠药睡觉。吃药的习惯是十年动乱时养成的，本来只吃"眠尔通"，现在已进步到"速可眠"，医生们总告诫我最好不要吃催眠药物，但躺在床上而睡不着，思想的奔腾，是我所最受不了的！

这就是我的刻板的一天，但事实上并不常是如此，我常有想不到的电话和不速的客人，有时使我快乐，有时使我烦恼，有时使我倦烦，总使我觉得我的"事"没完没了，但这使我忆起我母亲常常安慰并教训我说的"人活着一天，就有一天的事"，"事情"是和人的生命一般长短的。

1987年2月13日

——冰心《我的一天》

生死同穴爱无期

　　每到节气对老人都是个"坎"，1999年2月5日，即立春的第二天，九十九岁高龄的冰心连续高烧不退，病情危急，被送进北京医院治疗。

　　2月15日，冰心老人迈入卯兔年，成了百岁老人。大年初一，冰心的儿子吴平高兴地带来鲜花，给母亲拜年，吴平在生日贺卡上写着：庆贺妈妈百岁大寿。

　　2月20日，冰心由病重转成病危。

　　2月24日下午3点，冰心因"急性心力衰竭，肾功能衰竭，休克，酸碱平衡紊乱"，身体各部位的器官最终衰竭。

　　这天晚上，冰心归于自然。

　　这位世纪老人离开的时候，没有一点痛苦，更没有丝毫遗憾。她平静地侧身躺着，眼睛微闭，安详而平和，就这样睡着了，永远地睡着了。正如泰戈尔的诗句："生如夏花之绚烂，死如秋叶之静美。"

　　冰心走了，她曾在遗嘱里写下这样的句子："我悄悄地来到这个世上，也愿意悄悄地离去。"可是，对于这样一位伟大作家的去世，牵动了千千万万读者的心，上至国家领导人下至普通人都陷入深切的哀痛之中。从各地赶来的她的老朋友，还有崇拜她的小读者更是不计其数。老人的灵堂布置得非常别致，因为儿女们认为九十九岁的高龄应该算是喜丧。灵堂上放满了先生生前喜欢的玫瑰花，前面挂着一对小桔灯。玫瑰花是冰心生前最爱的花朵，《小桔灯》是冰心后期的代表作，是冰心心灵"真善美"的写照。

人们哀悼冰心，不仅仅为她那轻盈飘逸的文字，更为她身上所体现的那种乐观向上包蕴着爱的精神。她站在那儿一言不发，人们也能看出世界上有的是快乐和光明，人类是有希望的。

冰心去世后，报刊上发表了大量的回忆文章，其中有一篇文章将冰心与鲁迅做一比较，说冰心与鲁迅形成了一种"互补关系"。"鲁迅代表了新文化中阳刚的一面，冰心则是慈爱灵魂的布道者……如果说鲁迅是一柄锋利的社会手术刀，冰心则是河边的水车，她继承的是中国文化中娴静的部分，依靠的全然的力量，浇灌心灵沃土；如果说鲁迅是以超人的力量肩起历史的闸门，冰心则是于不动声色中发掘世道人心。冰心的存在，丰富了"五四"文化的精神高度，使中国的精神启蒙不是一种简单的线性结构或平面结构，而是呈现出迷幻复杂的姿态。"

徐志摩在将死之时跟冰心说，他的心肝五脏都坏了，需要到冰心那个圣洁的地方去忏悔。初读这句话，百思不得其解。徐志摩是"新月派"诗人代表，他的才华不可一世，再说他跟林徽因的关系很好，即使有什么忏悔的也用不着到冰心那里去。最后，读了徐志摩的诗，对他便有了一种更新的认识。正如冰心所说的，他的诗有一种处处趋向死亡的气氛，他在生活中处处求完美，但完美只是一个理想，把理想当作现实的人往往会走向悲观，因为现实总是残缺不全的，或者说残缺本身便是完美，对理想的极度向往与冷酷的现实相映照，便容易让人灰心。这就是为什么追求完美的人往往是一个悲观主义者。

早在1990年，冰心老人就立下了遗嘱：骨灰放在文藻的骨灰匣内，一同洒在通海的河内。后来，这条遗嘱老人作了口头的修改，她希望与吴文藻的骨灰能够找一块土地，安葬在一起，并且希望这安葬之地离孩子们近些，以便经常看望。要用汉白玉作墓碑，在骨灰盒上写：江阴吴文藻，长乐谢冰心。

2002年10月21日，冰心和吴文藻的骨灰在儿子吴平、女儿吴青等家人的护送下来到了位于八达岭长城脚下的"中华文化名人雕塑纪念园"。11点12分，长子吴平将合装有二老骨灰、由家乡福建省长乐市特制的骨灰盒，缓缓放入墓碑后的石穴，女儿吴青手捧红白两色玫瑰花瓣，将一片片馨香撒向墓碑四周。

这是一次简朴的家庭式的葬礼，出席者只有冰心和吴文藻的子女、孙辈以及挚友二十余人。墓碑是由整块高达两米的汉白玉雕琢而成，四边呈自然的毛石状。墓碑的上方是由张德蒂创作的冰心与吴文藻晚年相依相偎的艺术雕像，而下方则是一个古铜色的小读者雕像——取自冰心1926年由北新书局出版的《寄小读者》的封面。

墓碑的正中间，磨平的汉白玉石面上，是赵朴初题写的碑文：

> 吴文藻 1901年—1985年
> 谢冰心 1900年—1999 年　之墓

从此，八达岭长城脚下，这对爱侣永远地沉睡了。